U0947583

孙犁最喜欢的藏书票

孙晓玲提供

远道集

耕堂文录十种

孙犁 著

天津出版传媒集团
百花文艺出版社

图书在版编目（CIP）数据

远道集 / 孙犁著. —天津：百花文艺出版社，2012.5（2023.4 重印）
（耕堂文录十种）
ISBN 978-7-5306-6108-6

Ⅰ. ①远… Ⅱ. ①孙… Ⅲ. ①中国文学-当代文学-作品综合集 Ⅳ. ①I217.2

中国版本图书馆 CIP 数据核字(2012)第 091429 号

远道集
YUANDAO JI
孙犁 著

出 版 人：薛印胜
责任编辑：徐福伟
封面设计：郭亚非　　版式设计：郭亚红
出版发行：百花文艺出版社
地址：天津市和平区西康路 35 号　　邮编：300051
电话传真：+86-22-23332651（发行部）
+86-22-23332656（总编室）
+86-22-23332478（邮购部）
网址：http://www.baihuawenyi.com
印刷：天津新华印务有限公司
开本：787 毫米×1092 毫米　1/32
字数：99 千字
印张：6.625
版次：2012 年 6 月第 1 版
印次：2023 年 4 月第 2 次印刷
定价：58.00元

如有印装质量问题，请与天津新华印务有限公司联系调换
地址：天津东丽开发区五经路 23 号
电话：(022)58160306　邮编：300300

孙犁送给女儿晓玲的书法手迹，乃抄录自曾镇南为孙犁晚年十本小集所作的题诗,其中嵌入了这十本小集的全部书名

一九八一年孙犁在天津多伦道寓所为友人题签赠书

一九八二年孙犁在天津西郊

二十世纪八十年代孙犁在天津多伦道寓所

目 录

芸斋小说

幻　觉

如果有的读者记忆好,当记得我在芸斋小说之五,写到了我的老伴的悲惨的逝世。

她死了不到一年,也就是公元一千九百七十二年,我的处境有了些好的转化。在原来的戍所,给我增添了一间住房,光线也好了一些,并且发还了书籍器物,夜晚,我也可以安然地看看书,睡睡觉了。

人乍从一种非常的逆境险途走过来, 他会有一种莫名其妙的兴奋状态,或者说是一种毫没来由的劲头。我忽然觉得人生充满了希望, 世界大放光明。于是我吟诗作赋,日成数首,吟哦不已,就是说新病并未痊愈,旧病又复发了。

恢复了原来工资，饭食也好了，吃得也多了。身上的肉，渐渐也复原状了。于是又有了生人的欲望，感到单身一人的苦闷。夜晚失眠，胡思乱想，迷迷糊糊，忽然有一位女同志推门进来，对我深情含笑地说：

"你感到孤独吗？"

"是的。"我回答。

"你应该到群众中去呀！"

"我刚从群众中回来，这些年，我一直在群众中间，不能也不敢稍离。"

"他们可能不了解你，不知道你的价值。我是知道你的价值的。"

"我价值几何？"我有些开玩笑地问。

"你有多少稿费？"

"还有七八千元。"我说。

"不对，你应该有三万。"

她说出的这个数字，是如此准确无误，使我大吃一惊，认为她是一个仙人，有未卜先知之术。我说：

"正如你所说，我原来有三万元稿费，但在文化大革命中，革命群众说我是资本家，说五个工人才能养活我一个作家，我为了保全身命，把其中的大部分，上交了国库。其实也没有得到群众的谅解,反而证实了我的罪名。这些事已经过去,可是使我疑惑不解的是,阁下为什么知道得这般清楚,你在银行工作吗?”

她笑了一笑说:

“这很简单,根据国家稿费标准,再根据你的作品的字数和印数,是很好推算出来的。上交国库,这也是无可非议的,不过,你选择的时机不好,不然是可以得到表扬的。现有多少无关,我想和你在一起生活。”

我望之若仙人,敬之如神人,受宠若惊,浑身战栗,不知所措。

“不要激动,我知道你的性格。”她抚摩着我的头顶说。

“不过,我风尘下士,只有这么一间小房子,又堆着这些书籍杂物,你能在这里容身吗?不太屈尊吗?”我抱歉地说。

“没关系,不久你可以搬回你原来住的大房子。”

这样,我们就生活在一起了。这位女同志,不只相貌出众,花钱也出众,我一个月的工资,到她手中,几天就花完了。我有些担忧了,言语之间,也就不太协调了。一天,她忽然问我:

“你能毁家纾难吗?”

我说：

“不能。”

“你能杀富济贫吗？”

“不能。那只有在农民起义当中才可以做，平日是犯法的。”

“你曾经舍身救人吗？”

“没有。不过，在别人遇到困难时，我也没有害过人。”

她叹了一口气，说：

“你使我失望。”

我内疚得很，感到：我目前所遇到的，不仅是个仙人，而且是个侠女！小子何才何德，竟一举而兼得之！

后来冷静一想，这些事她也不一定做得到吧？如果她曾经舍身救过人，她早已经是个烈士，被追认为党员了。但我只能心非之，不敢明言，以触其怒。因为我发现，美人在欢笑时，其形象固然动人，能勾魂摄魄，但一变脸，也能使人魂飞魄散，怪可怕的。

但我毕竟在她的豪言壮语下屈服了。我有很多小说，她有很多朋友，她的朋友们都喜欢看小说，于是我屋里的小说，都不见了。我有很多字帖，她的朋友好书法，于是，我的字帖又不见了。一天，她竟指着我的四木箱三希堂帖

说:

“老楚好写字,把这个送给他!”

“咳呀!”我有些为难地说,“听说这东西,现在很值钱呢,日本人用一台彩色电视机,还换不去呢!真可以说是价值连城呢!”

“你呢呢嘛?吝啬!”她大声斥责。

渐渐,我的屋子里,东西越来越少了,钱包也越来越空了。心想,我可能是有些小气,随着年龄的增长,对生活的态度,越来越烦琐起来,特别注意一些鸡毛蒜皮的小事。举例说罢,一件衣服,穿得掉色了,也不愿换件新的。一双鞋子,穿了将近五年,还左右缝补。吃饭时,掉一个米粒,要捡起来放在嘴里,才觉心安。朋友来的书信,有多余的白纸,要裁下来留用。墨水瓶剩一点点墨水,还侧过来侧过去地用笔抽吸。此非大丈夫之所为,几近于穷措大之行动。又回想,所读近代史资料,一个北洋小军阀的军需官,当着客人的面,接连不断把只吸几口的三炮台香烟,掷于地下。而我在吸低劣纸烟时,尚留恋不到三分长的烟头,为陈大悲的小说所耻笑。如此等等,恭聆仙人的玉责,不亦宜乎!

但又一转念:军需官之大方,并非他从老家带来,乃是克扣战士的军饷。仙人刚到此地时,夜晚同我散步,掉了五分硬币,也在马路上寻觅半天,并未见大方之态。今之慷慨,乃慷敝人之慨也。一想到这里,我心中又有些牢骚了,但仍慑于仙威,隐忍于怀。

真不愧是仙人,能察秋毫之末,我心怀不满,竟被她觉察到了。

“受罪的脑袋!”她白了我一眼说,“经历了一场浩劫,还执迷不悟。你知道为什么在运动期间,造反派对你那么不客气吗?就是因为你吝啬!如果你事先能疏财仗义,广交天下英雄豪杰,你的处境会好得多。及至大难临头,你却把钱上交国库,上交国库谁领你的情?为什么不分赠周围的革命群众,特别是造反的头头?”

“那怎么行?那就是收买无产阶级,罪过要加一等的呀!”我急忙分辩说。

“我做给你看看。”她拉开门出去了。

原来,我在这个住所,经常受到欺侮,侵占,扰乱,破坏。“解放”以后,情况虽有些好转,还是时常遇到不愉快。同院的人,没人愿意跟我说话,白眼相加,就是小孩子们,也处处寻隙发坏。前天,有朋友送了我一棵小香椿树,我栽在窗台下,一夜就给拔走了。发还了收音机,我开开试听了一下，从墙外飞来一块砖头，几乎把窗玻璃砸碎。我有一只大鱼缸，因为屋里没地方，放在自己搭盖的小厨房里，被撬开门偷走了。报告了机关军管组，也不顶事，还被批评继续养花种草，花鸟虫鱼等等。

不多会儿，她从街上回来了，抱着两个大纸包，一进大院门，她就招呼那些孩子们，一人一个苹果，一大把糖。有的孩子不要，她笑着给他们装在口袋里。

“谢谢钱阿姨！”一个孩子喊，其他的孩子跟着喊。

“你明天再去弄一棵香椿树，”她得意地对我说，“看还有人给你拔走不？你身为作家，不通达人情世态，可怪也。你总说对人没有恩怨。没有恩，便是有怨。而怨可以用恩冲洗之。唐朝有诗人，名唤韦庄，就是写《秦妇吟》的那一位，做了官还称薪而爨，数米而食，这样吝啬，我看和你差不多，或者说，你有过之无不及。清朝有文人，名叫汪中，有一部集子《述学》，他为人孤傲，而患神经衰弱，最怕鸡声，与邻里关系不好，邻人大养其雄者，昼夜齐鸣，以犯其病。我看你和他也差不多。汪中没有赶上文化大革命，不然下场可知！”

我对她的引经据典，振聋发聩，真是佩服得五体投地了。心想，自己买了这么多书，临事不能活学活用，成为书呆子一盆面酱，面对眼前的才女佳人，实在无地自容，心里的一些不满，也很快消失了。

“你吃亏就吃在过去没有一个贤内助，”她惋惜地说，“死去的大姐，农村妇女，又是文盲，也是视钱如命的人。”

她的责难死者，又引起我的不满。心想，一棵香椿树苗，所值几何？你的一大包水果，就可以买回几十棵。这种想法，当然又不妥当，只好低下头来，唯唯称是。

正当我得到“贤内助”之时，政治形势也有好转，邓小平同志主持中央工作，对老干部的政策落实也加快了。不久，我们搬回了原来住的大房子。我又不得不再一次佩服仙人的未卜先知。她手脚大方，交游很广，从此，我们家里，人来人往，五行八作，三教九流，热闹非常。

过了一年多，我正庆幸家庭的中兴有望，政治形势又大变，周总理逝世，邓小平同志被免除职务，对老干部的迫害又加紧了。政工组的人来得勤了，客人稀少了，同院的人态度又变了。仙人的神态，也有些异样，她到学习班去了。每次回来，不是说阶级关系发生了新变化，就是说，党内有一个资产阶级。最后一次回家，她说：

“消息不好，你准备一下吧，恐怕还要抄老干部的家！这是政治，我无能为力，爱莫能助，你善自为之吧！”

确实,这些日子,户口警到我家察看的次数也多了。

从此,她竟渺如黄鹤。我也从梦中醒来了。

芸斋主人曰:古之英雄而具神仙之质者,莫若留侯。及其晚年,犹学辟谷,道引轻身之术,以示无能为力。今仙人一女身耳,值不测之机,而求自全之路,余不得责怪之也。

一九八二年十一月二十六日灯下

地　震

一九七六年七月,天气奇热,政治空气也压得人透不过气来。我每天脱光了上身,搬一把木椅,坐在后面屋里的北窗之下,喘息着吹吹凉风。院里是不轻易去的,"无产阶级"造反的劲头又足了。一会儿喊叫打倒孔老二,一会儿喊叫反击右倾翻案风。我能活着回到院里来,住原来的房子,他们就认为是翻案,我只能在屋里躲着。可是,机关的政工组,又不断来屋里察看,催我去学习反右倾的文件,参加讨论。

这几年,我一听见“学习”,就有些害怕,讨论就更不用谈起了。一会儿批林批孔,一会儿评法批儒,一会儿在晁盖、宋江身上做文章,一会儿又在晴雯、柳五儿身上做文章。中国的旧书、旧小说这样多,谁知道会把你拉到哪个人身上去?活人一旦附上死人的体,那就倒霉到底了。

我说有病推托着不去。可是市里又发生了一件匿名信要案,一直查不出结果。先是叫全市几百万人,每人签名去化验手迹,结果还是查不出。不但查不出,听说匿名信又投了几次。后来不知是哪一位高明,想出一个办法:缩小包围圈。断定:一、这信一定是有文化的人写的;二、这信一定是不上班有时间的人写的;三、这信一定是住宽绰房间的人写的。这三点论断,政治目的很明确,是针对知识分子和老干部。于是户口警接连不断到我家来了。

在报纸上,每天看到的是党内出了资产阶级,要拆土围子等等。

这都是没有办法的事,听天由命吧!

家里冷冷清清,忽然在二十八日晚上,来了客人,还带着一个小孩。客人一进门,就对孩子说:“这是你孙大伯,快叫!”

我才认出来的人是老崔。老崔和我是同县,他住城西,我住城东。一九四七年,我在饶阳一带工作,住在一个机关里。他是那里的炊事员,常照顾我吃饭。他原是在那一带赶集上庙做吃食小生意,机关转移到那里,领导老王看中了他的手艺,叫他参加了工作。

一九四九年进城,他在路上还给我们做饭。进城以后,不知为什么,把他分配到了裁纸房,叫大铁板砸伤了腿。一九六二年,机关又把他动员回乡了。

他走时,我不在家。听我老伴说,他拉家带口——老婆很精明能干,四个小孩。城里没有吃的,觉得不如回家好。临走时把借我的三十元钱还了,还送了我老伴一书包红山药。说真的,这一包山药,在那时,也值十块钱。我埋怨老伴不应该收他借的钱。我说,你忘了人家,在你刚来时,帮你买火炉安家吗?

老崔是个十分老实的人。我没有客人,更少留客人吃饭,今天我要招待老崔一顿。

吃饭中间,老崔说:

“就一个人过吗?”

“你嫂子去世了。”我说。

“这我听说了。”老崔放下筷子,抹了一把眼泪,“不是又续了一个吗?”

“是续了一个。”我说,“这几年我一直境遇不好,人家也不愿意来了。”

“不是结合了老干部?”老崔问。

“人家不结合我,我也不希望和他们结合。”我说,“结合的,都是造反派信得过的。比如在运动期间,揭发材料写得多的,每天打小报告的,给造反派当过侦探的,盯过老干部的梢的,给头头们当过保镖侍从的。当然也有是为落实政策不得不结合的,这些人也不过闹个副职,没有发言权。不过,这也就算不错了,总算保住了乌纱帽。你这次来,有事吗?”

“有点事,”老崔有点不好意思地说,“家里过日子难啊,我的伤腿又常犯。孩子们也大了,能都叫他们在家里种地吗?听说现在有顶替一说。”

“有是有的。你这情况,恐怕很难吧?再说现在掌权的人,你也不认识。”我坦率地告诉他。

“是啊,老王的消息,我也早听说了。”老崔说着又流下泪来。

“想得到吗?”我叹了一口气说,“这样一个人,这样的经历,落了个自杀。他后来虽然当了市委文教书记,还是一个书生。你知道他是个好面子的人,从小娇生惯养,是深泽城里的大少爷。运动开始时，这里本来想先把我抛出去。在揪斗我的那天晚上，把他也叫到会场，一边凌辱我，一边质问他为什么特别‘照顾’我。这是杀鸡给猴看啊，他哪里见过这种场面？我觉得，当时是把他吓坏了。后来，江青、陈伯达在北京一点他的名，他就不想活了。”

“唉！”老崔叹了口长气。

孩子走了远路，对我们的谈话，没有兴趣，已经趴在桌子上睡着了。我说：

“好在还有几个熟人，你去找找他们吧。我还黑着，一点忙也帮不了你。今天晚上，你到对过招待所去睡吧，那里的人，你都认识。”

他带着孩子过去了。

送走了老崔，已经十点钟，我碰上门，就到后面屋里睡觉去了。我的床铺放在北墙根，床上挂了一顶破蚊帐。这顶蚊帐，还是在解放区发的。初进城，这院里也没这么多蚊子蝇子。这几年，蚊子、蝇子、耗子、黄鼠狼，忽然多起来，才把它找出挂上。蚊帐是用土机子织的，缝制得又窄又矮，我钻进去，总是碰着它，翻身也容易把它带起。蚊帐外的小桌上，有一只闹表，一盏小台灯。

这些日子，每天晚上，我钻到蚊帐里，要读一篇《昭明文选》上的文章。今天晚上，我却怎样也读不下去。我同老崔谈话太多了，心里很烦乱。我想，过去在乡下，见到的不就是像老崔这样的好人吗？又想到自杀身死的老王。在我看来，他虽也有些缺点，但终归是个好人。就说那天晚上的事吧，在“革命”群众的逼问下，他有些慌了手脚，但也只是说了一句不大带劲的话。他很快就觉察到，在一个同志受难的时候，不应该说这样的话。他立刻纠正了自己，以下的话，都是实事求是的。当时，我并没有死亡，我站在那里很清醒，我听得很清楚，也看得很清楚。他看到这种场面是不好应付的，所以后来他才勇敢地自裁了。

我翻来覆去。一直睡不着。当我撩开蚊帐，抓起闹表，想看一看时间，记得是三点四十分，地大震了起来。最初，我以为是刮风下雨。当我知道是地震时，我从蚊帐里钻出来，把蚊帐拉倒了。我跑到前间屋子的南墙下，钻在写字台下面。

我的房屋内部没有倒塌，屋顶上的附属建筑倒了下来，砖瓦堆堵在门窗之下。如果往外跑，一定砸死了。

这时院里已经乱作一团。我听见外面真的在下雨。我想：既然没有震死，还是把自己保护一下吧。我摸黑穿上雨衣、雨鞋，带上破草帽，开门出去。谁也没有理会我。

一个造反派的妇女，大声喊叫她的丈夫：

“快出来！这可不同文化大革命，死，谁也有份！”

这话也只有从她嘴里说出，如果是我，不是太缺乏阶级观点了吗？

我走下台阶，看见老崔正在找我。

“没事吧？”我和他互问。

“招待所的前墙山倒了。我从楼梯上，也不知道是怎么下来的。”老崔苦笑着说。

“平安就好！”我说。

“是。”老崔说，“你看我挑的日子多好，十四年没来天津呀。天心也变了，人心也变了。我今天就买车票回去了。”

我没有挽留他。天大亮了，我看见院里的造反派，喊着以阶级斗争为纲，战胜地震的口号，又在拼命抢夺震落的木料和砖瓦去了。

芸斋主人曰：过去之革命，为发扬人之优良品质；今日之“革命”，乃利用人之卑劣自私。反其道而行之，宜乎其为天怒人怨矣！

一九八二年十二月十六日晚

还　乡

十年动乱一开始，虽然每时每刻，都是在死亡的边缘徜徉，但我从来也没有想过，找一个地方，比如说老家，去躲避躲避。我明白：这是没有地方可以躲避的，这是"四人帮"撒下的天罗地网，率土之滨，没有人敢于充当义士，收留像我们这样的难民，即使是乡亲故旧。如果"四人帮"想到人们会有地方逃脱，他们也就不敢这样做了。因此下定决心：是福不是祸，是祸躲不过，在劫难逃，听天由命。

但在一九七〇年，我算是"解放"了。我这个人，头脑简单，以为：自己本来没有什么问题，又是"老干部"，解放了就算完事了，依然故我。罪是白受了，只能怨自己倒霉，也就罢了。

其实，现在的事情，哪有这么简单呢。

老伴去世了，不久，有一位在军队上做事的老朋友，给我介绍了一个对象，姓李。她远在外省工作，又托人写信，总算可以调到近处了，但不能进大城市。老朋友建议，先把她调到我们县里。老朋友的岳家是我们县，老朋友没有靠边站，官职声望依然。他写了一封信，叫我们带上，去找县长。

我同新结婚的爱人，先到了石家庄，在那里耽搁了几天，然后从沧石路转乘小火车到我的县城。所谓小火车，其实就像过去北京的有轨电车，坐在里面叮叮当当，一摇一晃的。晚上到了县城，多年不回家了，心情很兴奋。县城大变样了，人地两生，在小车站雇了一辆"二等"(北方农村驮运客货的自行车)，驮上东西，我们跟在后面。考虑到机关早已下班，就直接去找县里的招待所。

招待所在一条街的路北，门洞很大，办公室就设在门洞里。办公室里有三个人，一个中年妇女，好像是主任，很神气，当我们从"二等"上解东西的时候，她就一直在那里睥睨着，脸上冷若冰霜。另一个老年人，很文静和气，好像是会计。还有一个小女孩，好像是服务员，在一旁嬉笑着看热闹。

这里应该交代一下。在几年折腾之后，我还一直在劳动，穿着很不讲究，就像是一个邋遢的农民，加上一路风尘，看模样更带几分倒霉相。李虽然年轻一些，也是一直下放农村劳动，衣服很不入时。

从我们进来，招待所的三个人，没有一个和我们打一下招呼。我打发走了“二等”，进到屋里，从口袋里掏出了工作证和介绍信。

中年妇女接了过去，她看了很久，说：“三月二十一日开的介绍信，怎么今天才到？”

“我们不是专到这里来，”我说：“我们在别处还有事要办。在石家庄耽误了几天。”

“你的！”中年妇女向李张开手。

李经常在外面跑，对于这方面很熟练，介绍信早已拿在手里。

中年妇女又看了很久，把两封介绍信，都交给那位老年人。

我的介绍信，身份是记者；李的介绍信，身份是“五七战士”，这两个名词对于这位中年妇女，好像都很生疏，而且引起轻蔑。她显然有些犯疑了。给李开信的地点，又是一个什么省的什么县，都是边远地方，恐怕她也从来没有听说过。

她冷冷地站在那里，望着那位老年人，老年人拿着介绍信，好像很作难的样子，也不好意思说什么。

“我是你们的老乡，我就是本县人。”我还按一般旧有的社会人情，向她说出了这样带有请求意味的话。

“现在谈不上这个！”中年女人回答。

“那我们到街上去找旅馆吧！”我也火了。

“去吧！”中年女人断然说。

“我们先打一个电话。”李比我机灵多了,抓起了手摇电话机。电话居然打通,县政府和中年女人通了话,允许我们住下来。

小女孩把我们带到宿舍去。据说那原是粮食局的粮仓,在二楼上。楼梯很直很狭,从楼上垂下来,就像龙骨水车。李年轻,先把行李送上去,然后下来搀扶我。房间很宽敞,一条大通铺,摆着十几床被褥。被褥都是红色花洋布缝制的,没有其他客人,我们靠南墙睡下了。

我有一肚子不高兴,一肚子感慨,翻来覆去,怎么也睡不着,不断唉声叹气。

“睡吧,老兄,”李在身边劝慰着,“走了一天路,还不累吗？”

“这是什么招待所,叫人住在楼上,又弄这么个玩马戏的楼梯,不是成心和老年人开玩笑？”我说,“如果半夜里要小便怎么办？”

“你就尿在他们的脸盆里吧,没有别的办法。”李笑着说。

“我们如果坐小卧车来，他们就会变一副面孔。你知道我在本县，大小也算是个名人，她应该知道我的名字！”我愤愤地说。

“得了。”李翻了一个身，转过脸去，“这又是老皇历。你有小卧车吗？知道你的名字又怎么样？就是因为知道你的名字，才不愿让你住进来呢！”

“她也许不知道。”我自我安慰地解嘲说，“我在县里工作的时候，她可能还不会走路呢！现在县里的负责人，在那时，顶多也只是在村里工作。”

“快睡！快睡！”李不耐烦地说，“明天还有很多事要办呢！”

“你睡你的吧，我睡不着。”我又叹起气来。暗想：人事无常啊！抗日时期，我在这里活动的时候，每逢进城，总是县委书记招待我，县长、公安局长陪着我吃饭。这个女人，竟敢差一点对我下逐客令！我看她虽然是个半瓶子醋，并不认识几个字，很可能是县里什么大干部的夫人，没准就是什么局长的夫人，不然，何以具备如此专横神气？这些人专门在好人身上做功夫，真正的坏人，他们是查不出来的。

一夜没睡。第二天天一亮，我就自己先起来，到街上去散步。没东没西，没头没脑地转了一遭，才看出：现在的县城,实际是过去的北关。抗日时拆毁了城墙,还留下个遗址,现在就在这个遗址上,修成了环城马路。大街之上,像所有我见过的当代县城一样,新建了一座二层大楼的百货商店,一座消费合作社,一家饭店,都是红砖平房,毫无风格,粗制滥造。

我正转着,李也追来了。我们看见饭店的门开着,就进去吃饭。厅堂很大,方桌板凳摆得不少,没有一个客人,空空荡荡,就像招待所的宿舍一样。桌子上的尘土,地下的垃圾,都没有扫。我找了一张比较干净的桌子坐下来,李到小窗口那里去买饭。很快,她就端回来两碗酱油汤,上面漂着几片生葱,几个昨天或前天蒸出来的玉米面馒头,完全是凉的。李知道我的胃口不好,说:

“汤是热的,里面还有肉。”

我用筷子一搅,倒是有几片白肉浮了起来,放在嘴里一尝,也是凉的。我只好把凉馒头弄碎,泡在汤里,吃了两口,就放下筷子。

李把我们剩下的馒头,装进书包,把我剩下的肉片,送回窗口。还向人家解释,我有胃病,吃不了,请人家原谅等等。我们就出来了。

我说:“过去,这个县城里,不用说集市之日,人山人海，货物压颤街，就是平常，也有几个饭店，能办大酒席，有几家小吃铺，便宜又实惠。现在，堂堂饭店，就卖这种饭吗？”

李说：“到处是这样。你吃不了，剩下，他还会批评你哩！”

在十字路口，我们看到有几个农民，蹲在地下买卖青菜、鸡蛋、烟叶。李高兴地告诉我：

“你轻易不进城，进城还赶上了大集日呢！”

“这是集市？”我问。

“对，到处的集市都是这样。鸡蛋、青菜、烟叶。别的不准卖。”李回答，“我们该去办事了。”

我们到了县政府，凭着老朋友的信，一位副县长接见了我们，允许给办办，但时间不能过紧。

我们告辞出来，我带李去参观抗日烈士碑。找了半天，问了好多人，才在一片沼泽之地找到了。而且只剩下一座主碑，别的都埋在泥里了。原来地势很高，才选择把碑立在这里，为什么一变而为最低洼的地方，是发大水冲的，还是盖新房取土挖的？无暇去问原因，沧海桑田，人物皆非呀！我指着主碑正面的四个大字，得意自负地对李说：“我写的！”

李好像也没有注意去看，说："抓紧时间，回老家吧。你就在这里等着，我去雇个'二等'，把东西取来。"

我们走在回老家的路上了，是一条土马路。我的老家在城西，十八里路。现在太阳西转，正好照着我们前进的身影。"二等"知道路，骑上车，先下去了。我同李也快步走着。公路边栽着小柳树，枝条刚刚发出嫩芽，我折了一枝，在春风中甩动着。天空有时飞过一些小鸟，唧唧的尖声叫着。四野一望，麦苗都已返青，空气带些潮味，和过去我走在这条路上的情景，没有多大区别。这是故乡的路，童年憧憬的路，我往返过无数次的路。那时是坑坑洼洼的大车路，现在填高了一些，成了公路。

最初几里路，我走得很兴奋，也很轻快。渐渐，我又想起了近事，我的脚就有些疲软了。我脚下的坎坷太多了。青年时，在这条路上，在战争的炮火里，我奋身跳过多少壕堑呀，现在有些壕沟，依然存在，可以辨认，我无力再跳过去。我很疲乏了。我们经过几个村庄，那里都有我的熟人或亲戚，我没有去打搅人家，从村边绕过去。路旁有个打禾场，堆着一些秫秸，按照老习惯，我倒在秫秸堆上，休息休息。

"二等"是个诚朴的青年农民，农闲时从事此业，补助家用。当走近我的村庄的时候，他忽然问我:“你们村里，有个叫孙芸夫的,现在此人怎样？”

“你认识他？”我问。

“我读过他写的小说。”

“他还活着。”

青年农民没有再问。

我们进村了。

芸斋主人曰:古人云,富贵不还故乡,如衣锦夜行。欧阳文忠颂韩琦功业,作昼锦堂记,蔡忠惠书之,传为碑版。汉高、光武得意之时,皆未尝不返故里,与亲戚故旧欢饮,慷慨歌之。然此语虽发自项羽,而终于自尽,无颜归江东。此亦人遭毁败,伤心世情,心理状态之自然结果也。

一九八三年三月二十一日下午写讫

小混儿

一九七〇年四月间,我回到了久别的故乡,住在一个叔伯侄子家中。侄子住的房屋,是我结婚后住过多年的老屋，只是在洪水冲塌后翻盖过一次。庭院邻舍依然，我的父母早已长眠丘垄，老伴前几年也丧身异域，老家没有什么亲人了。

每天早起，天还不亮，我就轻轻开门出来，到田野里去。我们这一带，原来地场土壤还算好的，自从滹沱河上游修筑了水库，洪水是没有了，但每年春季，好刮黄风。一刮起来，天昏地暗，白天伸手不见掌，窗门紧闭，那漫天黄沙还是会拥到屋里来。窗台上、炕上、地上的土，每隔几个小时，就要用簸箕往外搓，不然就会把人埋起来。地场变坏了，都变成了白沙土，庄稼不好种了，于是生产队请人规划了一下，全部改种林木。大道两旁，一律栽的钻天杨，地亩之内，有的种果树，而大部分种植柳子，这样还可以经营副业，比如编织。

每天早起，我总是在钻天杨的大道上，围着村庄转，脚下的沙土很深，走起来是很吃力的。但风景是很好的，杨树种得很整齐，现在都已经有碗口粗，很快就成材了。在路上，有时遇到起早拾粪的，推车砍草的，赶集路过的，但因为我离家日久，年纪又大了，很少遇到熟人。即使是本村的人，也因为年岁相差太多，碰见了没有多少话说，自己也真的感到有些寂寞了。

后来，我出来散步的时候，就背上一个柴筐，顺路拣些干树枝。这里用柴筐是很方便的，每家总有几个各式各样的筐，用项不同，形制各异，并且有大人用的，有小孩用的。我的侄子会编筐，见我背的是我叔父用过的旧筐，第二天到地里出工，他就利用工余之时，钻进柳子地，坐在地下，就地取材，用小镰削割着身边的柳条，很快就给我编成了一只非常精巧的筐。天黑以后，又偷偷砍了一根柳木杆作筐系。我说："你这样做，大队不说你是偷吗？"侄子笑笑说："谁家的筐，也是这么编成的。守着水井，还去买水喝？外村的人还这样干呢。"

"没人看护着吗？"我问。

"也有个护林小组。都是老头，懒汉，看护不好。"侄子说。

真的，我回家已经有几天了，也在地里转了好多回，还没有遇见过护林小组。

这天夜里下了一场雨。天明我去散步的时候，沙土路很平很实，倒很好走了。空气潮润，特别新鲜。当我走到村北很远的一条横道上，迎面来了一个老人，光头，一件破旧黑粗布短袄，敞着好几个扣子。走近了，我认出是小混儿。

小混儿和我年岁相当,青年时也在一起玩过,可以说是一个熟人。他不是本村人,他从小跟他母亲住在老爷家,老爷去世以后,留给他一间茅草屋,他就在我们村落了户。究竟是哪村和姓什么,直到现在我也闹不清楚。他一直也没有一个大名儿。“啊,小混儿!”我和他打着招呼。

“芸老爷!”他按辈分称呼着,“怎么背起柴火筐来了?”

“闲着也是闲着呀,”我说,“这样可以多活动活动筋骨。”

“你从小念书,干这个是外行。”小混儿说,“我给你背吧。”

“不用。你在忙什么呀?”

“看着这些树!”他指了指身旁的杨树,“每天也就是转两趟,挣点工分,干不了别的。”

“找了个老伴吗?”

“没有。咱不要那个。一个人过惯了,这样多自由,我自己吃饱了,就算一家子不饿了。”

“盖了新房吗?”

“也没有。还是住的那间小屋。没有儿子,给谁盖房呀!”

我记得他那间小屋:一条土炕,一领破席。一只小铁锅，一个小行灶。一个黑釉大钵碗，一双白木筷。地下堆着乱柴，墙上挂满蛛网。被窝从来不拆不洗，也不叠起，早起怎么钻出来，晚上还怎么钻进去。奇怪，这样一间小破房，经历了半个多世纪的风雨，还没有倒塌吗？

我虽然详细地问过了他的生活，他却一句也没有问我。不知道他是浑浑噩噩，不知道问；还是心里明白，不便于问。他没有提文化大革命的事，甚至也没有谈土地改革、合作化、抗日战争和解放战争的事。他好像是不谈政治的人。好像这些历史事件，对他都毫无影响。我们转到南北大道上，他站在道边解开裤子，肆无忌惮地撒了一泡尿，说："回家吃饭！"

"你还赌钱不？"我忍不住想和他开开玩笑。

"过年过节的时候，免不了。"他这才真的乐了。

在快要进村的时候，他和我举手告别。

在我的印象里，小混儿从小虽然很穷很苦，但也没有落到沿街乞讨的地步。村里的人们，对他虽然并不看重，不拿他当回子事儿，不分大辈小辈，都一律当面叫他小混儿，他也没有在村里做过什么大的坏事。他打过更，看过青，做过小买卖。农忙时，他打短工，谁家打井盖房，他都去帮忙。小偷小摸，也偶尔为之。他还是生活过来了，活得也很愉快。

回到家里,我和侄子说起小混儿的事来,侄子说:“还是那样。有点钱,就吃,就喝,就赌。有时还串串老婆门子。近年老了,我们常和他开玩笑说:‘小混儿,你可得节省下点钱来。至少,你死了以后,得叫守夜的人们有顿面条吃!’”

芸斋主人曰:如小混儿者,可谓真正逍遥派矣。前次回乡,距今又已十余年,闻彼尚健在。今国家照顾孤寡,彼当在五保之列,清静无为者必长寿。侄子之言,可谓多虑矣!

一九八三年三月二十四日

修　房

自从一九七二年,搬回了原来住处,便开始了不断修房的生涯。据说在我搬回来之前,机关已经大修过了的,只是门窗玻璃,就用了好几箱。这就是说,“文革”期间,门窗是全部破坏了。

搬回以后，对于房屋内部，我自己也做了一番修整，例如扫除地板上的垃圾，清理厕所中的粪便，刷洗墙壁上的标语，很费了一番周折。但一到夏季，下起雨来，每间屋子，几乎无处不漏，所有桶、盆、盂、罐，全部用来接漏水，还是顾此失彼，应接不暇。天花板先是大片洇湿，后是大片坠落。一天夜里，乒乓乱响，后屋一角，水如狂瀑，我接连从窗口往外倾倒出十几桶雨水。至于随时有被砸死的危险，那就更不在话下了。

天晴以后，打电话给本区的房管站，不来人；亲自去请，来人看了一看，登记了一下，没有下文。我自己想，房管站可能是突出政治，不愿意给"走资派"修房，正如医院不愿给"走资派"看病一样。同院有一家是军属，房也漏了，请来了人。第一天，没有带家具，几位工人坐在院里小亭下，喝完茶，吸完烟，一到上午十一点就下班走了。第二天，带了家具来，还推了一斗车白灰泥来，又是喝茶吸烟，到十点半钟，一个小伙子上房了，把灰泥系上去，十一点又都下班走了。原来是把一小车灰泥，倒在瓦垄里，就算修好了。从此房顶走水不利，下雨时，屋里漏得更欢了。

有人说，要想叫房管站给你修房，必须送礼。但又有人说，点心、香烟之类不顶事，必须贵重东西，比如手表、大衣柜之类。

我自己现在都买不起手表、大衣柜,只好死了这念头,不找他们修了。但是到了雨季,房管站又不断派出人来,登记漏房户。我明白了他们的意思,他一问房漏不漏,我就赶紧说:不漏。连屋也不想再叫他进来了。

有一次,雨过天晴,我正在屋里,整理被漏雨弄湿了的旧书,房管站登记漏房的人闯了进来,还是那个高个儿、有明显的流氓习气的中年人。这种人,很可能原来是一个农民,一个建筑工人,泥瓦活儿也很可能做得不错,但现在他只是拿着一支钢笔和一个小本本,成了官家的办事人员。他也可能知道了我的身份、处境和职业。他说:

"你的书不少呀。"

"嗯。"我无可奉告似的答应了一声。

"听说你的书都很贵重。"他笑着说。

"也说不上。"我答,"买的时候贵重,再卖出去就不值钱了。"

他抓起了一本书,在手里翻着。我最不喜欢别人乱翻我的书,而且书受了潮湿,稍微不留心,就会撕裂了的。

"这也算是四旧吗?" 他笑得越发狡猾了,"新近发还的吗?"

"是。"我说。

"什么名字?"

"《湘绮楼日记》。"

"房漏吗?"

"不漏,不漏。"

他对这些书,原来可能抱有一点希望,一看我很冷淡,无利可图,只好走了。

地震以后,实在没有办法,只好又找机关。机关抽调了一些人,组织了一个修房小组,又在街道上请了两位退休的老工人做师傅。对他们的收入来说,这叫做补差。

师傅们每天也就是干二三个小时的活,其余的时间,就是喝茶、吸烟。并可以公开对主人说:你这茶太难喝,你这烟太次了。然后就是谈今说古,说他们小时学徒如何规矩,又如何受苦,有什么过五关斩六将的动人事迹之类,滔滔不绝。

真正给我干活的,是我的同事,也是我的难友王兴。当时,他还没有解放。

王兴,山东人。中等个儿,长得白净秀气。贫农出身,从小聪明,小学、中学都没有念完,就三级跳远似的,考进了北京大学中文系。贫农大学生,大家都羡慕,没毕业,就和一个漂亮的女同学结了婚。毕业后分配工作,几年之内,连升两级,市委书记当作重点培养,不久就升为我们机关的一名科长。

一九六六年三月,上级布置“突出政治大讨论”,号召说真话,说心里话。王兴根据所学知识,说太阳上也有黑点,因此犯了大错误。

同年七月,开始了文化大革命,他首当其冲,接二连三地挨斗。但不久就揪“走资派”,他又成了死老虎,只是叫他劳动,轻松了不少。

他真是诚心诚意地劳动着,改造着,没有怨言,甚至没有怨容。造反派一叫他的名字,他就应声而至,满脸笑容,所派任务,都完成得很好。

我们是集中到五楼顶上学习、劳动的。有一天,造反派叫王兴去擦五楼墙外面的过时标语。这标语当时是怎么写上去的,不得而知。但现在去擦,就非常危险,五层高楼,下临车水马龙的马路。楼墙外面,有一尺来宽的一条房檐,刚刚能站住脚,不用说叫我去刷,我一想,心里就发抖,腿就发软。然而王兴一听到命令,就满脸笑容地跳过墙去,站在那里了。

我不敢看他操作, 回到小屋里去学习。我心里想:现在，人命就这样不值钱吗？但是王兴并没有发生什么事，他干完活，又笑嘻嘻地回来了。

从此，哪里高、哪里危险，都是叫他去。他也真行，学一行会一行，几年的工夫，电工，水暖工，泥瓦工，都可以说成了熟练工人。

在牛鬼蛇神学习班里，他从不轻易批判、揭发别人，更不用说陷害别人了。他只管自己好好地去劳动，去改造，去学会各种技能。

老婆离婚了，他穿得破破烂烂，一个人睡在机关的堆杂物的小屋里。他现在的生活，已经不如一个贫农，甚至不如一个雇农。

他给我干活，不言不语，实际上处处为我着想。比如，怎样叫人们多干点活呀，怎样找点好木料呀，怎样把活做得细致一点、坚固一点呀，等等。

我的屋子高大，在修天花板的时候，室内搭了脚手架。我看到：王兴不只是泥瓦匠，而且是熟练的架子工，那么高的竹竿，他竟能够像猿猴一样，攀援走跳。

另一位帮我干活的干部，叫李深。高个子，大嗓门儿，天津人。他是工人出身，有些文化，自学成材，能编能写，很快就提拔到了主任一级。文化大革命一开始，他就作为中层领导干部，被集中了起来。最初，造反派都骂他忘了本。揭发批判，他表现得也很积极。

不久，造反派叫人们坦白交代对文化大革命的想法和看法。并有消息说，如果李深坦白得好，他就可以早日解放，并被结合。

李深第一个坦白交代。他越说越尖锐，越说越深刻，他的话竟涉及到对最高领袖的看法和想法。机关的军管组，也特别注意了。他先是坐在椅子上坦白，后来，他蹲在洋灰地上交代。正值三伏天，他浑身流汗，满脸泥污，不知所云地在那里交代、交代。一天从早到晚，一连一个星期。他梦想交代好了，坦白彻底了，可以早日解放，妻子团圆，可以被结合，官复原职。

机关突然召开大会，宣布他是现行反革命，当场把他逮捕，坐监牢整整七年。“四人帮”垮台后，被放了出来，但还不算完事。

和王兴相反，他什么也没有学会，只能推推小车，搬搬砖头。书也忘了，字也忘了。

芸斋主人曰：学者考证，当人类为猿猴，相率匍匐前进时，忽有一猿站起，两脚运行。首领大怒，嗾使群众噬杀之。

“四人帮”之所为，殆类此矣。非只对出身不好之知识分子，施其歹毒也。

一九八三年五月十三日晨

牲口的故事

在我童年的记忆里,我们这个小小的村庄,饲养大牲口——即骡马的人家很少。除去西头有一家地主,其实也是所谓经营地主,喂着一骡一马外,就只有北头的一家油坊,喂着四五头大牲口,挂着两辆长套大车,作运输油和原料的工具。他家的大车,总是在人们还没有起床的时候,就从村里摇旗呐喊地出发了,而直到天黑以后,才从远远的地方赶回来,人喊马嘶的声音,送到每家每户正在灯下吃晚饭的人们耳中,人们心里都要说一句:

“油坊的车回来了!”

当我在村中念小学的时候,有几年的时间,我们家也挂了一辆大车,买了一骡一马,农闲时,由叔父赶着去作运输。这时我们家已经上升为中农。但不久父亲就叫把骡马卖了,因为兵荒马乱,这种牲口是最容易惹事的。从此,我们家总是养一头大黄牛，有时再喂一匹驴，这是为的接送在外面做生意的父亲。

我小的时候，父亲或叔父，常常把我放在驴背的前面，一同乘骑。我记得有一匹大叫驴，夏天舅父牵着它过滹沱河，被船夫们哄骗，叫驴凫水，结果淹死了，一家人很难过了些日子。

后来，接送我父亲，就常常借用街上当牲口经纪的四海的小毛驴。他这头小毛驴，比大山羊高不了多少，但装饰得很漂亮，一串挂红缨的铜铃，鞍鞯齐备。那时，当牲口经纪的都养一匹这样的小毛驴。每逢集日，清早骑着上市，事情完后，酒足饭饱，已是黄昏，一个个偏骑在小驴背上，扬鞭赶路，那种目空一切的神气，就是凯旋的将军，也难以比得的。

后来我到了山地，才知道，这种小毛驴，虽然谈不上名贵，用途却是很多的。它们能驮山果、木材、柴草，能往山上送粪，能往山下运粮，能走亲访友，能迎婚送嫁。它们负着比它身体还重的货载，在上山时，步步留神，在下山时，兢兢业业，不声不响，直到完成任务为止。

抗日战争时期，在军旅运输上，小毛驴也帮了我们不少忙。那时的交通站上，除去小孩子，就是小毛驴用处最大,也最活跃。战争后期,我们从延安出发华北,我当了很长时间的毛驴队长。骑毛驴的都是身体不好的女同志。一天夜晚,偷越同蒲路,因为一位女同志下驴到高粱地去小便,以致与前队失了联络,铁路没有过成,又退回来。第二天夜里再过,我宣布:凡是女同志小便,不准远离队列,即在驴边解手。解毕,由牵驴人立即抱之上驴,在驴背上再系腰带。由于我这一发明,此夜得以胜利通过敌人的封锁线,直到现在,想起来,还觉得有些得意。

平分土地的同时,地主家的骡马,富农家的大黄牛,被贫农团牵走,贫农一家喂不起,几家合喂,没人负责,牲口糟踏了不少。成立了互助组,小驴小牛时兴一阵。成立了合作社,骡马又有了用武之地。以后农村虽然有了铁牛,牲畜的用途还是很多,但喂养都不够细心,使用也不够爱惜。牲口饿跑了,被盗了的情况,时常发生。有一年我回到故乡,正值春耕之时,平原景色如故,遍地牛马,忽然见到一匹骆驼耕地。骆驼这东西,在我们这一带原很少见,是庙会上,手摇串铃的蒙古大夫牵着的玩意儿。以它形状新奇,很能招揽观众。现在突然出现在平原上,高峰长颈,昂视阔步,像一座游动的小山,显得很不协调。我问乡亲们是怎么回事,有人告诉我:不知从哪里跑来这么一匹饿坏了的骆驼,一直跑到大队的牲口棚,伸脖子就吃草,把棚子里的一匹大骡子吓惊了断缰窜出,直到现在还没找回来。一匹骡子换了一匹骆驼,真不上算。大队试试它能拉犁不,还行!

很有些年,小毛驴的命运,甚是不佳。据说,有人从山西来,骑着一匹小毛驴,到了平原,把缰绳一丢,就不再要它,随它去了。其不值钱,可想而知。

但从农村实行责任制以后,小毛驴的身价顿增,何止百倍?牛的命运也很好了。

呜呼,万物兴衰相承,显晦有时,乃不易之理,而其命运,又无不与政治、政策相关也。

一九八三年一月二十二日

住房的故事

春节前,大院里很多住户,忙着迁往新居。大人孩子笑逐颜开的高兴劲儿,和那锅碗盆勺,煤球白菜,搬运不完的忙乱劲儿,引得我的心也很不平静了。

人之一生,除去吃饭,恐怕就是住房最为重要了。在旧日农村,当父母的,勤劳一生,如果不能为子孙盖下几间住房,那是会死不瞑目的。

我幼年时,父亲和叔父分家,我家分了一块空场院,借住叔父家的三间破旧北房。在我结婚的那年,我的妻子要送半套嫁妆,来丈量房间的尺寸,有人就建议把隔山墙往外移一移,这样尺寸就会大一些,准备以后盖了新房,嫁妆放着就合适了。

墙山往外一移,房的大梁就悬空了,而大梁因为年代久远,已经朽败。这一年夏季,下了几场大雨。有一天中午，我在炕上睡觉，我的妻子也哄着我们新生的孩子睡着了。忽然大梁咯吱咯吱响起来，妻子抱起孩子就往外跑，跑到院里才喊叫我，差一点儿没有把我砸在屋里。

事后我问她：

“为什么不先叫我？”

她笑着说：

“我那时心里只有孩子。”

我们结婚不久，不能怀疑她对我的恩爱。但从此我悟出一个道理，对于女人来说，母子之爱像是超过夫妻之爱的。

从这以后，我们家每年就用秋收的秫秸和豆秸，从砖窑上换回几车砖来，垒在空院里存放着。今年添一根梁，明年买两条檩。这样一砖一瓦，一檩一椽地积累起来。然后填房基，预备粮食，动工盖房。

在农村，盖房是最操心的事，我见过不只一家，老人操劳着把房盖好，他也就不行了，很快死去。

但是，老人们仍然在竭尽心力为儿子盖房。今年先盖一座正房，再积攒二年，盖一座厢房。住房盖齐了，又筹划外院，盖一间牲口屋，一间草屋，一间碾棚，一间磨棚。然后圈起围墙，安上大梢门。作为一家富农的规模，这就算齐备了。很觉对得起儿子了。然而抗日战争开始了,我没有住进新房,就离家参军去了。

从此，我开始了四海为家的生活。我穿百巷住千家，每夜睡在别人家的炕上。当然也有无数陌生的战士,睡在我们家的炕上。我住过各式各样的房屋,交过各式各样的房东朋友。

一次战斗中，夜晚在荒村宿营。村里人都跑光了,也不敢打火点灯,我们摸进一间破房,同伴们挤在土炕上,我一摸墙边有一块平板,像搭好的一块门板似的,满以为不错,遂据为己有,倒身睡下。天亮起来,看出是停放的一具棺木,才为之一惊。直到现在,我也不知道其中是男是女,是老是少,我同一个死人,睡了一夜上下铺,感谢他没有任何抗议和不满。

抗战胜利后,我回到了家乡,不久父亲去世。根据地实行平分土地,我家只留了三间正房,其余全分给贫农,拆走了。随后,我的全家又迁来城市,那三间北房,生产队用来堆放一些杂物。年久失修,雨水冲刷,风沙淤填,原来是村里最高最新的房,现在变成最低最破旧的房了。

我也年老了,虽有思乡之念,恐怕不能回老家故屋去居住了。

回忆此生,在亲友家借住,有寄人篱下之感;住旅店公寓,为房租奔波;学校读书,黄卷青灯;寺院投宿,晨钟暮鼓。到了十年动乱期间,还被放逐荒陬,关进牛棚。

古之诗人,无一枝之栖,倡言广厦千万;浪迹江湖,以天地为逆旅。此皆放诞狂言,无补实际。人事无常,居无定所。为自身谋或为子孙谋,不及随遇而安为旷达也。

一九八三年二月五日

猫鼠的故事

目前,我屋里的耗子多极了。白天,我在桌前坐着看书或写字,它们就在桌下来回游动,好像并不怕人。有时,看样子我一跺脚就可以把它踩死,它却飞快跑走了。夜晚,我躺在床上,偶一开灯,就看见三五成群的耗子,在地板、墙根串游,有的甚至钻到我的火炉下面去取暖,我也无可奈何。

有朋友劝我养一只猫。我说,不顶事。

这个都市的猫是不拿耗子的。这里的人们养猫,是为了玩,并不是为了叫它捉耗子,所以耗子方得如此猖獗。这里养猫,就像养花种草、玩字画古董一样,把猫的本能给玩得无影无踪了。

我有一位邻居,也是老干部,他养着一只黄猫,据说品种花色都很讲究。每日三餐,非鱼即肉,有时还喂牛奶。

三日一梳毛,五日一沐浴。每天抱在怀里抚摩着,亲吻着。夜晚,猫的窝里,有铺的,有盖的,都是特制的小被褥。

这样养了十几年,猫也老了,偶尔下地走走,有些蹒跚迟顿。它从来不知耗子为何物,更不用说有捕捉之志了。

我还是选用了我们原始祖先发明的捕鼠工具:夹子。支得得法,每天可以打住一只或两只。

我把死鼠埋到花盆里去。朋友问我为什么不送给院里养猫的人家。我说:这里的猫,不只不捉耗子,而且不吃耗子。

这是不久以前的经验教训。我打住了一只耗子,好心好意送给邻居,说:

“叫你家的猫吃了吧。”

主人冷冷地说:

“那上面有跳蚤,我们的猫怕传染。如果是吃了耗子药,那就更麻烦。”

我只好提了回来,埋在地里。

又过了不久,终于出现了以下如果不是我亲眼所见,一定有人会认为是造谣的场面。

有一家,在阳台上盛杂物的筐里,发见了一窝耗子,一群孩子呼叫着:“快去抱一只猫来,快去抱一只猫来!”

正赶上老干部抱着猫在阳台上散步，他忽然动了试一试的兴致，自报奋勇，把猫抱到了筐前，孩子们一齐呐喊：

“猫来了，猫来捉耗子了！”

老人把猫往筐里一放，猫跳出来。再放再跳，三放三跳，终于逃回家去了。

孩子们大失所望，一齐喊：“废物猫，猫废物！”

老人的脸红了。他跑到家里，又把猫抱回来，硬把它按进筐里，不松手。谁知道，猫没有去咬耗子，耗子却不客气，把老干部的手指咬伤，鲜血淋淋，只好先到卫生所，去进行包扎。

群儿大笑不止。其实这无足奇怪，因为这只老猫，从来不认识耗子，它见了耗子实在有些害怕。

十年动乱期间，我曾回到老家，住在侄子家里。那一年收成不好，耗子却很多。侄子从别人家要来一只尚未断奶的小猫，又舍不得喂它，小猫枯瘦如柴，走路都不稳当。有一天，我看见它从立柜下面，连续拖出两只比它的身体还长一段的大耗子，找了个背静地方全吃了。这就叫充分发挥了猫的本能。

其实，这个大都市，猫是很多的。我住的是个大杂院，每天夜里，猫叫为灾。乡下的猫，是二八月到房顶上交尾，这里的猫，不分季节，冬夏常青。也不分场合，每天夜里，房上房下，窗前门后，互相追逐，互相呼叫，那声音悲惨凄厉，难听极了：有时像狼，有时像枭，有时像泼妇刁婆，有时像流氓混混儿。直至天明，还不停息。早起散步，还看见一院子是猫，发情求配不已。

这样多的猫在院里，那样多的耗子在屋里，这也算是一种矛盾现象吧？

城狐社鼠，自古并称。其实，狐之为害，远不及鼠。鼠形体小，而繁殖众，又密迩人事，投之则忌器，药之恐误伤，遂使此蕞尔细物，子孙繁衍，为害无止境。幼年在农村，闻父老言，捕田鼠缝闭其肛门，纵入家鼠洞内，可尽除家鼠。但做此种手术，易被咬伤手指，终于未曾实验。

一九八三年四月五日

夜晚的故事

我幼年就知道,社会上除去士农工商、帝王将相以外,还有所谓盗贼。盗贼中的轻微者,谓之小偷。

我们的村庄很小,只有百来户人家。当然也有穷有富,每年冬季,村里总是雇一名打更的,由富户出一些粮食作为报酬。我记得根雨叔和西头红脸小记,专门承担这种任务。每逢夜深,更夫左手拿一个长柄的大木梆子,右手拿一根木棒,梆梆地敲着,在大街巡逻。平静的时候,他们的梆点,只是一下一下,像钟摆似的;如果他们发见什么可疑的情况,梆点就变得急促繁乱起来。

母亲一听到这种杂乱的梆点,就机警地坐起来,披上衣服,静静地听着。其实并没有发生什么事情,过了一会儿,梆点又规律了,母亲就又吹灯睡下了。

根雨叔打更,对我家尤其有个关照。我家住在很深的一条小胡同底上,他每次转到这一带,总是一直打到我家门前,如果有什么紧急情况,他还会用力敲打几下,叫母亲经心。

我在村里生活了那么多年,并没有发生过什么盗案,偷鸡摸狗的小事,地边道沿丢些庄稼,当然免不了。大的抢劫案件,整个县里我也只是听说发生过一次。县政府每年处决犯人,也只是很少的几个人。

这并不是说,那个时候,就是什么太平盛世。我只是觉得那时农村的民风淳朴,多数人有恒产恒心,男女老幼都知道人生的本分,知道犯法的可耻。

后来我读了一些小说,听了一些评书,看了一些戏,又知道盗贼之中也有所谓英雄,也重什么义气,有人并因此当了将帅,当了帝王。觉得其中也有很多可以同情的地方,有很多耸人听闻的罗曼史。

我一直是个穷书生,对财物看得也很重,一生之中,并没有失过几次盗。青年时在北平流浪,失业无聊,有一天在天桥游逛,停在一处放西洋景的摊子前面。那是夏天,我穿一件白褂,兜里有一个钱包。我正仰头看着,觉得有人触动了我一下,我一转脸,看见一个青年,正用手指轻轻夹我的钱包,知道我发见,他就若无其事地转身走了。

当时感情旺盛，我还很为这个青年，为社会，为自身，感慨了一阵子。

直到现在，我对这个人印象很清楚，他高个儿，穿着破旧，满脸烟气，大概是个白面客。

另一次是在本县羽林村看大戏，也是夏天，皮包里有一块现洋叫人扒去了，没有发觉。

在解放区十几年，那里是没有盗贼的。初进城的几年，这个大城市，也可以说是路不拾遗的。

问题就出在文化大革命上。在动乱中，造反和偷盗分不清，革命和抢劫分不清。那些大的事件，姑且不论。单说我住的这个院子，原是吴鼎昌姨太太的别墅，日本人住过，国民党也住过，都没有多少破坏。房子很阔气，正门的门限上，镶着很厚很大的一块黄铜，足有二十斤重。动乱期间，附近南市的顽童进院造反，其著名的领袖，一个叫做三猪，一个叫做癞蛤蟆，癞蛤蟆喜欢铁器，三猪喜欢铜器。他把所有的铜门把，铜饰件，都拿走了，就是起不下这块铜门限来。他非常喜爱这块铜，因此他也就离不开这个院，这个院成了他的革命总部和根据地。他每天从早到晚坐在铜门限上，指挥他的群众。住户不能出门，只好请军管人员把他抱出去。三猪并不示弱，他听说解放军奉令骂不还口,打不还手,他就亲爹亲娘骂了起来。谁知这位农民出身的青年战士,受不了这种当群辱骂,不管什么最高指示,把三猪的头按在铜门限上,狠狠碰了几下,拖了出去。

城市里有些居民,也感染了三猪一类的习气,采取的手段比较和平,多是化公为私。比如说院墙,夜晚推倒一段,白天把砖抱回家来,盖一间小屋。院里的走廊,先把它弄得动摇了,然后就拆下木料,去做一件自用家具。这当然是物质不灭。不过一旦成为私有的东西,就倍加爱惜,也就成为神圣之物,不可侵犯了。

后来我到了干校。先是种地,公家买了很多农具,锄头,铁铲,小推车,都是崭新的。后来又盖房,砖瓦,洋灰,木料,也是充足的。但过了不久,就被附近农村的人拿走了大半。农民有一条谚语,道:“五七干校是个宝,我们缺什么就到里边找。”

这当然也可解释为:取之于民,用之于民。

现在,我们的院子,经过天灾人祸,已经是满目疮痍,不堪回首。大门又不严紧。人们还是争着在院里开一片荒地,种植葡萄或瓜果。秋季,当葡萄熟了,每天都有成群结伙的青少年在院里串游,垂涎架下,久久不肯离去。夜晚则借口捉蟋蟀,闯入院内,刀剪齐下,几分钟可以把一架葡萄弄得干干净净;手脚利索,架下连个落叶都没有。有一户种了一棵吊瓜,瓜色艳红,是我院秋色之冠,也被摘去了,为了携带方便,还顺手牵羊,拿走了另一户的一只新篮子。

我年老体弱,无力经营葡萄,也生不了这个气,就在自己窗下的尺寸之地,栽了一架瓜篓。这是苦东西,没有病的人,是不吃的。另外养了几盆花,放置在窗台上,却接二连三被偷走了。

每天晚上,关灯睡下,半夜醒来,想到有一两名小偷就在窗前窥伺,虽然我是见过世面的人,也真的感到有些不安全了。

谚云:饥寒起盗心。国家施政,虽游民亦可得温饱,今之盗窃,实与饥寒无关也。或谓:偷花者出于爱美,尤为大谬不然矣!

一九八三年四月二十日改讫

火　炉

我有一个煤火炉，是进城那年买的，用到现在，已经三十多年了。它伴我度过了热情火炽的壮年，又伴我度过着衰年的严冬。它的容颜也有了很大的改变，它的身上长了一层红色的铁锈，每年安装时，我都要举止艰难地为它打扫一番。

我们可以说得上是经过考验的，没有发生过变化的。它伴我住过大屋子，也伴我迁往过小屋子，它放暖如故。大屋小暖，小屋大暖。小暖时，我靠它近些；大暖时，我离它远些。小屋时，来往的客人，少一些；大屋时，来往的客人，多一些。它都看到了。它放暖如故。

它看到，和我同住的人，有的死去了，有的离去了，有的买制了新的火炉，另外安家立业去了。它放暖如故。

我坐在它的身边。每天早起，我把它点着，每天晚上，我把它封盖。我坐在它身边,吃饭,喝茶,吸烟,深思。

我好吃烤的东西,好吃有些煳味的东西。每天下午三点钟,我午睡起来,在它上面烤两片馒头,在炉前慢慢咀嚼着,自得其乐,感谢上天的赐予。

对于我,只要温饱就可以了,只要有一个避风雨的住处就满足了。我又有何求!

看来,我们的关系,是不容易断的,只要我每年冬季,能有三十元钱,买两千斤煤球,它就不会冷清,不会无用武之地,我也就会得到温暖的!

火炉,我的朋友,我的亲密无间的朋友。我幼年读过两句旧诗:炉存红似火,慰情聊胜无。何况你不只是存在,而且确实在熊熊地燃烧着啊。

一九八二年十二月二十六日上午

母亲的记忆

母亲生了七个孩子,只养活了我一个。一年,农村闹瘟疫,一个月里,她死了三个孩子。爷爷对母亲说:

“心里想不开,人就会疯了。你出去和人们斗斗纸牌吧!”

后来,母亲就养成了春冬两闲和妇女们斗牌的习惯,并且常对家里人说:

“这是你爷爷吩咐下来的,你们不要管我。”

麦秋两季,母亲为地里的庄稼,像疯了似的劳动。她每天一听见鸡叫就到地里去,帮着收割、打场。每天很晚才回到家里来。她的身上都是土,头发上是柴草。蓝布衣裤汗湿得泛起一层白碱,她总是撩起褂子的大襟,抹去脸上的汗水。她的口号是:“争秋夺麦!”“养兵千日,用兵一时！”一家人谁也别想偷懒。

我生下来，就没有奶吃。母亲把馍馍晾干了，再粉碎煮成糊喂我。我多病，每逢病了，夜间，母亲总是放一碗清水在窗台上，祷告过往的神灵。母亲对人说：“我这个孩子，是不会孝顺的，因为他是我烧香还愿，从庙里求来的。”

家境小康以后，母亲对于村中的孤苦饥寒，尽力周济，对于过往的人，凡有求于她，无不热心相帮。有两个远村的尼姑，每年麦秋收成后，总到我们家化缘。母亲除给她们很多粮食外，还常留她们食宿。我记得有一个年轻的尼姑，长得眉清目秀。冬天住在我家，她怀揣一个蝈蝈葫芦，夜里叫得很好听，我很想要。第二天清早，母亲告诉她，小尼姑就把蝈蝈送给我了。

抗日战争时，村庄附近，敌人安上了炮楼。一年春天，我从远处回来，不敢到家里去，绕到村边的场院小屋里。母亲听说了，高兴得不知给孩子什么好。家里有一棵月季，父亲养了一春天，刚开了一朵大花，她折下就给我送去了。父亲很心痛，母亲笑着说：“我说为什么这朵花，早也不开,晚也不开,今天忽然开了呢,因为我的儿子回来,它要先给我报个信儿!”

一九五六年,我在天津,得了大病,要到外地去疗养。那时母亲已经八十多岁,当我走出屋来,她站在廊子里,对我说:

“别人病了往家里走,你怎么病了往外走呢!”

这是我同母亲的永诀。我在外养病期间,母亲去世了,享年八十四岁。

一九八二年十二月

乡里旧闻

——吊挂及其他

吊　挂

每逢新年,从初一到十五,大街之上,悬吊挂。

吊挂是一种连环画。每幅一尺多宽,二尺多长,下面作牙旗状。每四幅一组,串以长绳,横挂于街。每隔十几步,再挂一组。一条街上,共有十几组。

吊挂的画法,是用白布涂一层粉,再用色彩绘制人物山水车马等等。故事多取材于封神演义,三国演义,五代残唐或杨家将。其画法与庙宇中的壁画相似,形式与年画中的连环画一样。在我的记忆中,新年时,吊挂只是一种装饰,站立在下面的观赏者不多。因为妇女儿童,看不懂这些故事,而大人长者,已经看了很多年,都已经看厌了。吊挂经过多年风雪吹打,颜色已经剥蚀,过了春节,就又由管事人收起来，放到家庙里去了。吊挂与灯笼并称。年节时街上也挂出不少有绘画的纸灯笼，供人欣赏。杂货铺掌柜叫变吉的，每年在门前挂一个走马灯，小孩们聚下围观。

锣　鼓

村里人，从地亩摊派，制买了一套锣鼓铙钹，平日也放在家庙里，春节才取出来，放在十字大街动用。每天晚上吃过饭，乡亲们集在街头，各执一器，敲打一通，说是娱乐，也是联络感情。

其鼓甚大，有架。鼓手执大棒二，或击其中。心，或敲其边缘，缓急轻重，以成节奏。每村总有几个出名的鼓手。遇有求雨或出村赛会，鼓载于车，鼓手立于旁，鼓棒飞舞，有各种花点，是最动人的。

小　戏

小康之家，遇有丧事，则请小戏一台，也有亲友送的。

所谓小戏,就是街上摆一张方桌,四条板凳,有八个吹鼓手,坐在那里吹唱。并不化装,一人可演几个脚色,并且手中不离乐器。桌上放着酒菜,边演边吃喝。有人来吊孝,则停戏奏哀乐。男女围观,灵前有戚戚之容,戏前有欢乐之意。中国的风俗,最通人情,达世故,有辩证法。

富人家办丧事,则有老道念经。念经是其次,主要是吹奏音乐。这些道士,并不都是职业性质,很多是临时装扮成的,是农民中的音乐爱好者。他们所奏为细乐,笙管云锣,笛子唢呐都有。

最热闹的场面,是跑五方。道士们排成长队,吹奏乐器,绕过或跳过很多板凳,成为一种集体舞蹈。出殡时,他们在灵前吹奏着,走不远农民们就放一条板凳,并设茶水,拦路请他们演奏一番,以致灵车不能前进,延误埋葬。经管事人多方劝说,才得作罢。在农村,一家遇丧事,众人得欢心,总是因为平日文化娱乐太贫乏的缘故。

大　戏

农村唱大戏,多为谢雨。农民务实,连得几场透雨,丰收有望,才定期演戏,时间多在秋前秋后。

我的村庄小,记忆中,只唱过一次大戏。虽然只唱了一次,却是高价请来的有名的戏班,得到远近称赞。并一直传说:我们村不唱是不唱,一唱就惊人。事前,先由头面人物去“写戏”,就是订合同。到时搭好照棚戏台,连夜派车去“接戏”。我们村庄小,没有大牲口(骡马),去的都是牛车,使演员们大为惊异,说这种车坐着稳当,好睡觉。

唱戏一般是三天三夜。天气正在炎热,戏台下万头攒动,尘土飞扬,挤进去就是一身透汗。而有些年轻力壮的小伙子,在此时刻,好表现一下力气,去“扒台板”看戏。所谓扒台板,就是把小褂一脱,缠在腰里,从台下侧身而入,硬拱进去。然后扒住台板,用背往后一靠。身后万人,为之披靡,一片人浪,向后拥去。戏台照棚,为之动摇。管台人员只好大声喊叫,要求他稳定下来。他却得意扬扬,旁若无人地看起戏来。出来时,还是从台下钻出,并夸口说,他看见坤角的小脚了。在农村,看戏扒台板,出殡扛棺材头,都是小伙子们表现力气的好机会。

唱大戏是村中的大典,家家要招待亲朋,也是孩子们最欢乐的节日。直到现在,我还记得一个歌谣,名叫“四大高兴”。其词曰:

新年到,搭戏台,先生(学校老师)走,媳妇来。

反之,为“四大不高兴”。其词为:

新年过,戏台拆,媳妇走,先生来。

可见,在农村,唱大戏和过新年,是同样受到重视的。

一九八二年七月

青春余梦

我住的大杂院里，有一棵大杨树，树龄至少有七十年了。它有两围粗，枝叶茂密。经过动乱、地震，院里的花草树木，都破坏了，唯独它仍然矗立着。这样高大的树木，在这个繁华的大城市，确实少见了。

我幼年时，我们家的北边，也有一棵这样大的杨树。我的童年，有很多时光是在它的下面、它的周围度过的。我不只在秋风起后，在那里拣过杨叶，用长长的柳枝穿起来，像一条条的大蜈蚣，在春天度荒年的时候，我还吃过杨树飘落的花，那可以说是最苦最难以下咽的野菜了。

现在我已经老了，蛰居在这个大院里，不能再向远的地方走去，高的地方飞去。每年冬季，我要生火炉，劈柴是宝贵的，这棵大杨树帮了我不少忙。霜冻以后，它要脱落很多干枝，这种干枝，稍稍晒干，就可以生火，很有油性，很容易点着。每听到风声，我就到它下面去拣拾这种干枝，堆在门外，然后把它们折断晒干。

在这些干枝的表皮上，还留有绿的颜色，在表皮下面，还有水分。我想：它也是有过青春的呀！正像我也有过青春一样。然而它现在干枯了，脱落了，它不是还可以帮助别人生起火炉取暖吗？

是为序。

我的青春的最早阶段，是在保定育德中学度过的。保定是一座古老的城市，荒凉的城市，但也是很便于读书的城市。在这个城市，我待了六年时间。在课堂上，我念英语，演算术。在课外，我在学校的图书馆，领了一个小木牌，把要借的书名写在上面，交给在小窗口等待的管理员，就可以拿到要看的书。图书管理员都是博学之士。星期天，我到天华市场去看书，那里有一家卖文具的小铺子，代卖各种新书。我可以站在那里翻看整整半天，主人不会干涉我。我在他那里看过很多种新书，只买过一本。这本书，我现在还保存着。我不大到商务印书馆去，它的门半掩着，柜台很高，望不见它摆的书籍。

读书的兴趣是多变的，忽然想看古书了；又忽然想看外国文学了;又忽然想研究社会科学了,这都没有关系。尽量去看吧,每一种学科,都多读几本吧。

后来,我又流浪到北平去了。除了买书看书,我还好看电影,好听京戏,迷恋着一些电影明星,一些科班名角。我住在东单牌楼,晚上,一个人走着到西单牌楼去看电影,到鲜鱼口去听京戏。那时长安大街多么荒凉、多么安静啊!一路上,很少遇到行人。

各种艺术都要去接触。饥饿了,就掏出剩下的几个铜板,坐在露天的小饭摊上,吃碗适口的杂菜烩饼吧。

有一阵子,我还好歌曲,因为民族的苦难太深重了,我们要呼喊。

无论保定和北平,都曾使我失望过,痛苦过。但也都给过我安慰和鼓舞,留下的印象是深刻的。我在那里得到过朋友们的帮助,也爱过人,同情过人。写过诗,写过小说,都没有成功。我又回到农村来了,又听到杨树叶子,哗哗地响着。

后来,我参加了抗日战争,关于这,我写得已经很多了。战争,充实了我的青春,也结束了我的青春。

我的青春,价值如何?是欢乐多,还是痛苦多?是安逸享受多,还是颠沛流离多?是虚度,还是有所作为,都不必去总结了。时代有总的结论,总的评价。个人是一滴水,如果滴落在江河,流向大海,大海是不会涸竭的。正像杨树虽有脱落的枝叶,它的本身是长存的。我祝愿它长存!

是为本文。

一九八二年十二月六日清晨

芸斋梦余

关于花

青年时的我,对花是没有什么感情的,心里只有衣食二字。童年的印象里没有花。十四岁上了中学,学校里有一座很小的校园,一个老园丁。校园紧靠图书馆,有点时间,我宁肯进图书馆,很少到校园。在上植物学课时,张老师(河南人)带领我们去看含羞草啊,无花果啊,也觉得实在没有意思。校园里有一棵昙花,视为稀罕之物,每逢开花,即使已经下了晚自习,张老师还要把我们集合起来,排队去观赏,心里更认为他是多此一举,小题大做。

毕业后,为衣食奔走,我很少想到花,即使逛花园,心里也是沉重的。后来,参加了抗日战争,大部分时间是在山里打游击。山里有很多花,村头,河边,山顶都有花。杏花,桃花,梨花,还有很多野花,我很少观赏。不但不观赏,行军时践踏它们,休息时把它们当坐垫,无情地、无意识地拔起身边的野花,连嗅一嗅的兴趣都没有,抛到远处去,然后爬起来赶路。

我,青春时代,对花是无情的,可以说是辜负了所有遇到的花。

写作时,我也没有用花形容过女人。这不只是因为有先哲的名言,也是因为那时的我,认为用花来形容什么,是小资产阶级意识的表现。

及至现在,我老了,白发疏稀,感觉迟钝,我很喜爱花了。我花钱去买花,用瓷的花盆去栽种。然而花不开,它们干黄、枯萎,甚至不活。而在十年动乱时,造反派看中我的花盆,把花全部端走了。我对花的感情最浓厚,最丰盛,投放的精力也最大。然而花对我很冷漠,它们几乎是背转脸去,毫无笑模样,再也不理我。

这不能说是花对我无情,也不能怨它恨它,是它对我的理所当然的报复。

关于果

战争时期,我经常吃不饱。霜降以后我常到山沟里去,拣食残落的红枣、黑枣、梨子和核桃。树下没有了,我仰头望着树上,还有打不净的。稍低的用手去摘,再高的,用石块去投。常常望见在树的顶梢,有一个最大的、最红的,最引诱人的果子。这是主人的竿子也够不着, 打不下来,才不得不留下来,恨恨地走去的。我向它瞄准,投了十下,不中。投了一百下,还是不中。我环绕着树身走着,望着,计划着。最后,我的脖颈僵了,筋疲力尽了,还是投不下来。我望着天空,面对四方,我希望刮起一股劲风,把它吹下来。但终于天气晴和,一丝风也没有。红果在天空摇曳着,讪笑着,诱惑着。

天晚了,我只好回去,我的肚子更饿了,这叫做得不偿失,无效劳动。我一步一回头,望着那颗距离我越来越远的红色果子。

夜里,我又梦见了它。第二天黎明,集合行军了,每人发了半个冷窝窝头。要爬上前面一座高山,我把窝窝头吃光了。还没爬到山顶,我饿得晕倒在山路上。忽然我的手被刺伤了,我醒来一看,是一棵酸枣树。我饥不择食,一把掳去,把果子、叶子,树枝和刺针,都塞到嘴里。

年老了,不再愿吃酸味的水果,但酸枣救活了我,我感念酸枣。每逢见到了酸枣树,我总是向它表示敬意。

关于河

听说,我家乡的滹沱河,已经干涸很多年了,夏天也没有一点水。我在一部小说里,对它作过详细的描述,现在要拍摄这些场面,是没有办法了。听说家乡房屋街道的形式,也大变了。

建筑是艺术的一种,它必然随着政治的变动,改变其形式。它的形式,是受经济基础决定的。

关于河流,就很难说了。历史的发展,可以引起地理环境的变动吗?大概是肯定的。

这条河,在我的童年,每年要发水,泛滥所及,冲倒庄稼,有时还冲倒房子。它带来黄沙,也带来肥土,第二年就可以吃到一季好麦。它给人们带来很多不便,夏天要花钱过惊险的摆渡，冬天要花钱过摇摇欲堕的草桥。走在桥上，仄仄闪闪的，吱吱呀呀的，下面是围着桥桩堆积起来的坚冰。

童年，我在这里，看到了雁群，看到了鹭鸶。看到了对艚大船上的船夫船妇，看到了纤夫，看到了白帆。他们远来远去，东来西往，给这一带的农民，带来了新鲜奇异的生活感受，彼此共同的辛酸苦辣的生活感受。

对于这条河流，祖祖辈辈，我没有听见人们议论过它的功过。是喜欢它，还是厌恶它，是有它好，还是没有它好。人们只是觉得，它是大自然的一部分。而大自然总是对人们既有利又有害，既有恩也有怨，无可奈何。

河，现在干涸了，将永远不存在了。

一九八二年十二月十九日

关于编辑工作的通信

××同志：

承问关于编辑的事，拖延已久，现溽暑稍退，敬答如下：

我编过的刊物有：一九三九年晋察冀通讯社编印的《文艺通讯》；一九四一年晋察冀边区文联编印的《山》。以上二种刊物，都系油印。一九四二年《晋察冀日报》的副刊，以及此前由晋察冀边区文协编的《鼓》，也附刊于该报。一九四六年在冀中区编《平原》杂志，共六期。一九四九年起，编《天津日报》文艺周刊，时间较长。

这些刊物，无赫赫之名，有的已成历史陈迹，如我不说，恐怕你连名字也不知道。但对我来说，究竟也是一种工作，也积累了一定经验。

我编辑的刊物虽小，但工作起来，还是很认真负责的。

如果说得具体一点,我没有给人家丢失过一篇稿件,即便是很短的稿件。按说,当编辑,怎么能给人家把稿子弄丢呢?现在却是司空见惯的事,特别是初学者的稿子,随便乱丢乱放,桌上桌下,沙发暖气片上,都可以堆放。这样丢的机会就很多了。

很长时间,我编刊物,是孤家一人。所谓编辑部,不过是一条土炕,一张炕桌。如果转移,我把稿子装入书包,背起就走,人在稿存,丢的机会也可能少一些。

丢失稿件,主要是编辑不负责,或者是对稿件先存一种轻视之心。

我一生,被人家给弄丢过两次稿件,我一直念念不忘,这可能是自己狭窄。一九四六年在河间,我写了一篇剧评,当面交给《冀中导报》副刊的编辑,他要回家午睡,把稿子装在口袋里。也不知他在路上买东西,还是干什么,总之把稿子失落在街上了。我知道后,心里很着急,赶紧在报上登了一个寻物启事。好在河间是个县城,人也不杂,第二天就有人把稿子送到报社来了。一九八〇年,上海一家杂志社的主编来信约稿,当时手下没有现成的,我抄了三封信稿寄给他,他可能对此不感兴味,把稿子给弄丢了。过了半年,去信询问,不理;又过了半年,托人去问,说"准备用”。又过了半年,见到了该杂志的一位编辑,才吐露了实情。

我得到的经验是:小稿件不要向大刊物投,他那里瞧不起这种货色;摸不清脾气的编辑,不要轻易给他寄稿;看见编辑把我交给他的稿件,随手装进衣服口袋时,要特别嘱咐他一句:装好,路上骑车不要掉了!特别是女编辑,她们的衣服口袋都很浅。她们一般都提着一个手提包,最好请她把稿子装在手提包里。但如果她的手提包里已装满点心、酱肉之类,稿件又有被油污的危险。权衡轻重,这就顾不得了。

有各式各样的刊物,有各式各样的编辑。有追求色情的编辑,有追求利润的编辑,有拉帮结伙的编辑。这些人,各有各的志趣,常常做出一些令人难以理解的事情来。投稿前,必须先摸清他们的脾胃。

我的习惯,凡是到我手下的稿件,拆封时,注意不要伤及稿件,特别不要伤及作者的署名和通讯处。要保持稿件的清洁,不要给人家污染。我的稿子,有时退回来,稿子里夹杂着头发、烟丝、点心渣,我心里是很不愉快的。至于滴落茶水,火烧小洞,铅笔、墨水的乱涂乱抹,就更使人厌恶了。推己及人,我阅读稿件,先是擦净几案,然后正襟危坐。

不用的稿子，有什么意见，写在小纸条上，不在稿件上乱画。

我不愿稿件积压在手下，那样就像心里压着什么东西。我总是很快地处理。进城以后，我当了《天津日报》的“二副”——副刊科的副科长，职责是二审。看初稿的同志，坐在我的对面，他看过一篇稿子，觉得可用，就推到我面前。我马上看过，觉得不好，又给他推了过去。这种简单的工作方式，很使那位同志不快。我发觉了，就先放一下，第二天再还给他。

我看稿子，主要是看稿件质量，不分远近亲疏，年老年幼，有名无名，或男或女。稿件好的，立即刊登，连续刊登，不记旧恶，不避嫌疑。当然，如果是自己孩子写的作品，最好不要在自己主编的刊物上发表。

刊物的编辑，如果得人，人越少越好办事。过去，鲁迅、茅盾、巴金、叶圣陶办刊物，人手都很少。现在一个刊物的机构，层次太多。事情反倒难办，也难以办好了。我年轻时投稿，得到的都是刊物主编的亲笔复信，他们是直接看初稿的，从中发见人才。

我不大删改来稿，也不大给作者出主意修改稿件，更不喜欢替人家大段大段做文章。只是删改一些明显的错字和极不妥当的句子。然后衔接妥帖。我也不喜欢别人大砍大削我的文章,不能用,说明理由给我退回来,我会更加高兴些。有一次,我给北京一家大报的副刊,寄去一篇散文,他们为了适应版面,削足适履地删去很多,文义都不衔接了。读者来信质疑,他们不假思索地把信转来,叫我答复。我当即顶了回去,请他们自己答复。

现在有些人,知识很少,但一坐在编辑位置上,便好像掌握了什么大权,并借此权图谋私利,这在过去,是很少见的现象。

我当编辑时,给来稿者写了很多信件,据有的人说,我是有信必复,而且信都写得很有感情,很长。有些信件,经过动乱,保存下来的很少。我自己听了,也感慨系之。

进城以后不久,我就是《天津日报》的一名编委,三十二年来,中间经过六任总编,我可以说是六朝元老,但因为自己缺乏才干,工作不努力,直到目前,依然故我,还是一名编委,没有一点升迁。现在年龄已到,例应退休,即将以此薄官致仕。其他处所的虚衔,也希望早日得到免除。

就是这个小小的官职,也还有可疑之处。前不久,全国进行人口普查,我被叫去登记。工作人员询问我的职务,我如实申报。她写上以后,问:

“什么叫编委？”

我答：

“就是编辑委员会的委员。”

她又问：

“做哪些具体工作？”

我想了想说：

“审稿。”

她又填在另一栏里了。

但她还是有些不安，拿出一个小册子对我说：

“我们的工作手册上，没有‘编委’这个词儿。新闻工作人员的职称里，只有编辑。”

我说：

“那你就填作编辑吧。”

她很高兴地用橡皮擦去了原来写好的字。

在回来的路上，我怅怅然。看来，能登上仕版官籍的，将与我终老此生的，就只是一个编辑了。

在我一生从事的三种工作（编辑、教员、写作）里，编辑这一生涯，确实持续得也最长，那么就心安理得地接受承认吧。

以上说的，都是过去的事。有些近于自我吹嘘，意在介绍一点正面经验。很多事,我现在是做不来了。

种瓜得瓜,种豆得豆,这是自然现象。人生现象,则不尽然。时间如流水一般过去了。过去,我当编辑,给我投稿的人,现在有很多已经是一些大刊物的编委或主编了。其中有些人,还和我保持着旧谊,我的稿子给他投了去,总是很热情负责的。例如在北京某大报主编文艺副刊的某君,最近我给他寄去一篇散文,他特地给我贴了两份清样来,把我写错的三个字都改正了,使我非常感动。

但在旧友之中,也发生过不愉快的事。去年,我试写了一组小说,先寄给北京一位作家,请他给我看看,在当前形势下,是否宜于发表,因为他身处京师,消息灵通。他来信表示,要删掉一些字句,并建议我把三篇小说,合为一篇,加强故事性。我去信说:删改可以,但把三篇合为一篇,我有困难。请他把稿子转交另一位朋友,看后给我寄回来。

正当此时,上海一家刊物听说我写了小说,电报索稿,我就把家里的三篇原稿,加上新写的两篇,寄去了。北京的友人,忽然来信,说他参加编辑的刊物要用此稿。我当即复信给他,说不能这样办了,因为稿子已经给了上海。但他们纠缠不已,声称要垄断我的稿子。以上内容的信件,我先后给他们写了五封,另外托人打了两次长途电话,一次电报,均无效。我不知他们要闹成什么样子,只好致函上海刊物停发。最后,北京那家刊物竟派了两个同志,携带草草排成的小样,要我过目。我当即拒绝这种屈打成招的做法,并背对背地,对我那位友人,大发一通牢骚。

我心里想,当初你们给我投稿,我对你们的稿件,是什么态度?对你们是如何尊重?现在,你们对待我的稿件,对待我,又是如何的不严肃,近于胡闹?其实,这都是不必要的,后悔不已。

近年,我的工作,投稿多于编辑。在所接触的编辑中,广州一家报纸的副刊,给我的印象最深刻。稿件寄去,发表后,立即寄我一份报纸,并附一信。每稿如此,校对尤其负责。我是愿意给这样的编辑寄稿的。按说,这些本来都是编辑工作的例行末节,但在今天遇到这种待遇,就如同见到了汉官威仪,叫人感激涕零了。

亲爱的同志,回忆我的编辑生涯,也是不堪回首的。过于悲惨的事,就不必去提它了。就说十年动乱后期吧,我在报社,仍作见习编辑使用,后来要落实政策了,当时的革委会主任示意,要我当“文艺组”的顾问,我一笑置之。过了一个时期,主任召见我,说:

“这次不是文艺组的顾问,是报社的顾问。”

我说：

“加钱吗？”

他严肃地说：

“不能加钱。”

“午饭加菜吗？”

他笑了笑说：

“也不加菜。”

“我不干。”我出来了。

但“市里”给我“落实”了政策，叫我当了《天津文艺》的编委，这个编委，就更不如人了。一次主编及两位副主编召我去开会，我奉命唯谨地去了，坐在一个角落里。会开完了，正想站起来走，三位主编合计了一下，说：

“编委里面，某某同志写稿很积极，唯有孙某，一篇也还没有写过，难道要一鸣惊人吗？”

说完，三个主编盯着我，我瞠目以对，然后一语不发，走了出来。

后来，揪出了四人帮，那位主编下台了。我给这家刊物写了一篇散文，那两位仍在管事，先是要我把散文分做两篇，他们挑一篇；然后又叫我把不是同一年代发生的事，综合成一件事。我愤怒了，又喊叫一通，把稿子收了回来。

总之，对待作者，对待稿子，缺乏热情，不负责任，胡乱指挥的编辑，要他编出像样的刊物来，是不可能的。

在过去很长的年月里，我把编辑这一工作，视作神圣的职责，全力以赴。久而久之，才知道这种工作，虽也被社会看作名流之业，但实际做起来，做出些成绩来，是很不容易的。有人把它看作敲门之砖，有人把它看作高升之阶。你是个老实人，也很可能被人当作脚踏的砖石，炫耀的陪衬。比如被达官显宦、作家名流拉去，一同照个相，做个配角。对于这些，你都要看得开些，甚至躲开一些。不与好利之徒争利，不与好名之徒争名。不要因为别人说你的工作伟大，就自我膨胀；不要因为别人说你的工作渺小，就妄自菲薄。踏踏实实，存诚立信，做好本职工作。流光易逝，砖石永存，上天总不会辜负你的。虽然这是近于占卜的话。

现在，刊物不是太少，而是太多了，而且方兴未艾，有增无减。在艺术宫殿值班的神，不是绿衣少年，就是红妆少女。这是一种艺术繁荣的景象。你正当壮年，应该继往开来，承上启下，把编辑工作的好传统，例如鲁迅、茅盾的传统，发扬而光大之。我写到的几件旧事，也并非心怀不满，意图发泄，不过举一些例证作为教训。

写到这里，已近深夜，而窗外蝉鸣不已，想到不应该再唠叨下去,浪费你的宝贵时光了。即祝安好吧!

孙　犁

一九八二年八月十二日下午至十三日下午

补正:文中所记《天津文艺》两位副主编,据声称,他们当时的职衔,不是副主编,而是“编辑部具体负责人”。

另,对着我说的那几句话,系出自主编之口。文中主语不明,一并补正。

一九八三年六月三十日孙犁附记

关于小说《蒿儿梁》的通信

繁峙县地方志编纂委员会：

你们在八月三十日写给我的一封信，收到了。直到今日才能给你们复信，请原谅。收到这封信后，使我深深地陷入年月久远的回忆中，有很多感想，一时整理不出一个头绪，因此动笔倒迟了。

一九四三年秋季，我从《晋察冀日报》(我在那里编副刊)调到了华北联合大学教育学院的高中班去教国文。这次调动，可能是李常青同志提议的，他那时任教育学院的院长。他曾在晋察冀北方分局宣传部负责，我自一九三九年到达边区以后，一直在他的领导下工作。

到了高中班以后，本来那里的教员们有一个宿舍大院，但我一向孤僻，我自己在村北边找了一个人家住下。别的记不得了，只记得在屋中间搭了一扇门板，作为床铺，每天清早，到村边小河去洗脸漱口，那时已是晚秋，天气很凉了。当小河结了一层薄冰的时候，开始了反扫荡。所谓反扫荡，就是日寇进攻边区，实行扫荡，我们与之战斗周旋，这种行动，总是在冬季进行。

行军之前，我领到一身蓝布棉衣。随即爬山越岭，向繁峙县境转移。我们原住的村庄，属于阜平。

不知走了多少天(那时转移，是左转右转，并非直线前行)，在深山里的一个小村庄，我们停下来。我的头发很长了，有一个人借了老乡一把剪刀，给我剪了剪。我就发起烧来，脖颈和脊背的上部，起了很多水痘。我主观认为这是因为剪刀不净引起的，当然也可能是其他原因引起的，而且很可能就是天花。我有一个学生，名叫王鑫郎，他是全班长得最漂亮的，他在反扫荡中就得了天花，等到反扫荡结束，再见到他时，我简直不认得他了。我因为幼年接引过牛痘，可能发病轻微罢了。

当时领队的是傅大琳同志，他是物理教员，曾经是南开大学的助教。他见我病了，就派了一位康医生，一位刘护士，还有一位姓赵的学生，陪我到一个隐蔽而安全的地方去养病。说实在的，在我一生之中，病了以后得到如此隆重的照顾，还是第一次。不过，这也是因时制宜的一种办法。在战争紧急之时,想尽一切办法,把人员分散开来,化整为零,以利行军。

我们就到了蒿儿梁。所以说,你们信上说“养伤”,是不对的,应该说是“养病”,因为我并非一个荷枪实弹的战士,并非在与敌人交火时,光荣负伤。有必要说明一下,以正视听。

初到蒿儿梁,战争的风声正紧,这个兀立在高山顶上的小村庄,可能还没有驻过队伍。又因为我们这支小小的队伍,一是服装不整齐,二是没有武器,三是男女混杂,四是可能还没有地方领导机关的介绍信, 在向村干部去要粮食的时候,遇到了不顺利。我听说了以后,亲自到村干部那里去了一次。我那时身上带了一支左轮小手枪。这支小枪,有一个皮套,像女人的软底鞋似的。这是我初到路西时,刘炳彦同志送给我的。我系在腰里,只是充样子,一枪也没有放过。直到一九四四年,我到了延安,邓德滋同志要随军南下,我又送给了他,这是后话。

可能是这支小枪起了点作用, 我们弄到了一点莜麦面。也可能是我当时因又饥又乏又有病, 表现的急躁情绪,起了作用。当然,很快我们就和村干部熟识了,亲密得像一家人了。

我们三个男的，就住在郭四同志家的一间小西房里，护士和妇救会主任住在一起。这间屋子，我所以记得是西房，因为每天早晨，阳光射在我身旁的纸窗上，就会给正在病中的我无限安慰和希望。屋子有一方丈大，土炕占去三分之二，锅台又占去余下的三分之二，地下能活动的地方就很有限了。我经常坐在炕上，守着一个山西特有的白泥火盆。火盆里装满莜麦秸火灰，上面一层是白色的，用火筷一拨，下面就是火，像红杏一样的颜色，很能引起人的幻想。我把一个山药蛋按进灰里，山药蛋噗噗地响着，不一会儿就熟了，吃起来香得很。

所谓医生，所谓护士，都是受几个月训练速成的，谈不上什么医术医道。我们只有一把剪刀，一把镊子，一瓶红药水。每天，护士在饭锅里，把剪刀镊子煮煮，把水痘的化脓处清理清理，然后用棉花蘸着红药水，在伤处擦一擦。这种疗法显然不太得当，所以直到现在留下的伤疤，都很大，像一个个的铜钱。

我还写过一篇小说叫《看护》，也是记这段生活的。

康医生，有二十多岁，人很精明，医术虽然差些，但在经营粮草方面，很有办法，我们在那里，不记得有挨饿的时候。后来他和我一同到了延安，同在一个学校，他还是医生。我记得他为我洗过一次肠，还有一次，我在延河洗澡，伤了脚掌，他替我敷过一次药。现在不知他到哪里去了。

关于蒿儿梁的印象，都已经写在文章里，现在回忆不起更多的东西了。但那是小说，不能太认真。其中的人物，自然有当时当地人物的影子，但更多的是我的设想，或者说是我的“创造”。

但我听说郭四同志还能记起这件事，我是非常感动的，不只感谢他一家人当时对我们的照料，也为他仍然健在，记忆力很强而高兴。他年纪也很大了吧？请转达我对他一家人的深切的怀念之情。

在那样一个寒冷的地方，我安全而舒适地度过了一个难忘的冬季。我们可以想想，我的家是河北省安平县，如果不是抗日战争的推使，我能有机会到了贵县的蒿儿梁？我是怎样走到那里去的呢，身染重病，发着高烧，穿着一身不称体的薄薄的棉衣，手里拄着一根六道木拐棍，背着一个空荡荡的用旧衣服缝成的所谓书包，书包上挂着一个破白铁饭碗。这种形象，放在今天，简直是叫花子之不如，随便走到哪里，能为人所收容吗？但在那时，蒿儿梁收容了我，郭四一家人用暖房热炕收容了我。而经过漫长的几经变化的岁月,还记得我,这不值得感激吗?

这是在艰难的日子里,才能发生的事,才能铸成的感情。

我们在那里,住了两三个月,过了阳历年,又过了阴历年,才奉命返校。去的时候,我们好像是走的西道,回来的时候,是从东边一条小道下山,整整走了一天,才到山根下,可以想象蒿儿梁是有多么高。天快黑了,我看到了村庄庙宇,看到了平地,心里一高兴,往前一跑。其实是一条小河,上面结着冰,盖着一层雪,一下滑倒,晕了过去,身后的人,才把我抬进成果庵。这一段生活,我好像也写进了小说。

一九四八年冬季,我们集中在胜芳,等候打下天津。我住在临河的一间房子里。夜里没有事,我写了《蒿儿梁》这篇小说,作为我对高山峻岭上的这个小小的村庄,生活在那里的人们的回忆。

是的,时间已经过去四十年了。当时在一起的同志们,各奔一方,消息全无,命运难测。我也很衰老了。人生的变化多大啊,万事又多么出乎意料?能不变的,能不褪色的,就只有战争年代结下的友情,以及关于它的回忆了。

现在是夜里三点钟。窗外的风,吹扫着落叶,又在报告着冬天即将到来。蒿儿梁上,已经很冷了吧?

祝

他们幸福!

孙　犁

一九八二年九月二十日

孙犁同志:

您好!

据我县蒿儿梁郭四同志回忆,您曾于一九四三年在他家养过伤,并在走时赠他家一幅字——"模范家庭",此后,您并写过一篇小说《蒿儿梁》(或是报道),后由马墨农同志编绘连环画出版发行。

现在,我们县也和全国各地一样,正在编写新的县志,需要了解这方面的情况,故给您去信,望您能提供如下情况:

1.您在蒿儿梁养伤的具体时间,前后经过,及离开时间。

2.关于您写作《蒿儿梁》一文的经过,是否以郭四及其妻子(当时的妇女主任)为模特儿?

3.您所知道的当时蒿儿梁的其他情况。

如您精力、时间允许，请写一篇回忆录寄给我们，如不允许，请为我们提供以上材料。您认为我们这样冒昧的要求您，当否？望函告我们。

切候惠书！顺祝

撰安！

山西省繁峙县县志编委会

一九八二年八月三十日

与《南开文艺》编辑的谈话

一九八二年九月十四日,《南开文艺》编辑宋乃谦、滑富强、刘志武拜访了孙犁同志,说现在有些青年同志往往急于求成。有人觉得写几篇东西,看点书,就能够成为作家了。他们希望孙犁能结合这个问题,对南开文学社的青年同志谈点希望。孙犁同志欣然应允,谈了他的看法。

我觉得,从事文学工作,一定要下扎扎实实的苦功。主要的是多念点书。现在一些青年人,一个是读得太少,另一个是读得不太仔细。我看书一般看得比较慢。差不多一字一句地看,连标点符号、错字也不放过。有些青年人,甚至有些搞文学工作的人,看书看得快极了。最近有个朋友给我捎来一本旧小说,叫《续孽海花》。我每天晚上也许看上一回到两回。精力也不行。但我看得比较仔细。它的错字非常多。遇上错字，我就考虑它应该是什么字。这样，印象就加深了。现在有些青年人，一问书名、作者都知道，但对于书的内容的理解就不太深刻了。另外，写东西也要认真。首先是字，有的同志现在连字都写得不太清楚。我看原稿，所以就有这种体会。有的写得很乱，我也就不愿看了。当然，不能以貌取人，以字取人。不过，最好要写得很清楚，很规矩。最近，邹明同志从北京约来了舒群同志的稿子。舒群同志也老了，七八十了。可那个字就像小学五六年级非常用功的学生，写得清楚，一笔一画，每个字都是这样。去年我看柳荫同志的稿子，也是清楚漂亮。所以，写东西一定要清楚认真。有的青年同志连名字都写不清楚，我最怕这个。不知你这个作者究竟是谁。有的字像草字，其实不是真正的草字，草字还可以查一查。所以，希望青年同志们，一是读得认真，二是写得仔细。写字也能代表你是否认真地推敲了、严肃地思考了。

现在有些同志写东西也是图快。当然，有的人快，有的人慢。一是图快，二是图长。还是那句老话，缺乏内容的稿子越是容易长。有的人对生活的理解不是太深。你一不思考，二不观察，对生活就没有感触。最近，何士光写了《种包谷的老人》，我一看就认为不错。用的语言很不一般，很朴素。好作品一看就很吸引人，也反映了作者是用功、认真。现在，有些青年人，你说他不用功吧，他也很急躁、着急，老是想着赶紧成名成家。这个需要一步一步地来。不下个十年八年苦功是不行的。也许十年二十年。你们也不要老给青年讲别人得奖。要多讲作家没有出名以前，他的艰苦奋斗。不讲这个不行。文学得奖不是目的。当然，世界上有个诺贝尔奖金，那都是在成名以后。现在，到处评奖、到处发奖，形成一种风气。究竟对青年作家是不是有好处？好处多，还是有副作用，我看值得研究。现在形式上的东西太多。希望你们文学社多做些扎扎实实的工作。你们文学社的活动，我也从报纸上了解一些。我觉得你们搞这个对业余作者是有帮助的。怎么学习、怎么读书、怎么写东西，以及如何严肃认真，你们应该找一些这方面的材料。这样就可以把心浮气躁刹一刹。光看人家得奖了，发表了、印书了。人家那个东西也不是现成的。你自己也一步一步地走，走到那时也会成功的。现在不同于战争年代。过去是艰苦的生活，写东西也是工作，首先是一种革命工作，也没有稿费，也没有别的想法。现在有些刊物花招也挺多。现在有些作品确实商品化了。当然，也不能完全反对这个东西。巴尔扎克也算商品化，但他主要的不是商品化，是艺术。决不能把商品化作为目的。名利确实不是好东西，你们要告诉年轻人，不要在名利上打算盘。希望你们文学社多做扎实工作，不要满足于表面上的工作。什么工作也是如此。工作扎实了，出人才、出作品、出成果。

我不是反对给作品评奖，是说工作越扎实越好。好多作品得奖是应该的，但也有的不是名副其实的好作品。所以，写东西不要看这个。一看这个就麻烦了。还是要扎扎实实写东西。我前些时候给贾平凹写的序言，你们见到了吗？我就是这个意思。写东西叫耕耘，耕耘就要多出点汗，不怕晒。就是克服心浮气躁。

有些青年所以心浮气躁，是把文学看成生活的出路。有很多青年就公开这样讲。这个倒不用瞒着。文学不是很容易的事。做工人也要学几年徒。有这种打算不算不光彩。我年轻时也打算以文为生，可是为生不了呀！一年也不准登一篇两篇的，连半个月生活费也不够呀！

现在拜师的风气也特别严重。我记得我们那时没这个想法。我从来没有这个想法。不用说鲁迅，再小一点作家我也没给人家写过信。这种拜师现象也是不扎实的表现。你们自己也要做点示范。

再有，你们文学班也不要搞那种大规模的讲座。要根据你们的力量,多做一些切实的工作。你们看“五四”以后的一些文学团体,规模都比较小。不像咱们现在到处是人海战术、兵团作战。另外,还要选择志趣一样的,不要选得太多。不是谁愿意参加就参加。志趣不一样,你可以参加别的。你现在不够格,可以再过一段。

今天,主要就谈这些。写作要扎实,工作要切实。

(刘志武整理)

谈作家的立命修身之道

——给蒙古族作家佳峻的信

收到你的来信和寄来的刊物《民族文学》一九八二年第九期。你的热情,感动了我有些枯寂的心。但一看到你的小说是个中篇,又是小字排的,我也有些为难。昨天下午,坐在阳光强的西窗下,开始阅读。

我从来不好夸大其辞。我读了几段之后,就为你的艺术的功力,你所反映的民族生活,你所投入的思想情感,你所运用的表现手法所吸引了。前些日子读了你写的《小草》,我就对人说,你进步很快,即将唱出不同凡响的歌。你的这篇《驼铃》,证实了我的话,我私心高兴极了。

当然,你的这种成就,并不是轻而易举地得来的。你来信说,廿年前你开始给我写信。可见,你从事此业,一定有更长的时间。现在,很有些人,以为文学事业,依靠天生之才或外界之力,可以速成,是很靠不住的。

近几年来，我也不断阅读一些新的文学作品，能使我净心涤虑，安静愉悦地读下去的东西，并不太多，你的作品，使我深受感动，你那些深沉的、真实的、诗一般的描述，竟使我干枯的老眼，饱含热泪。难道是我对你的作品的偏爱吗？我感觉到了你的艺术良心的搏动。它的音律，它的节奏，是我所熟悉的，是我能够理解的。它引起我对你所描述的生活的向往和热爱。它为我的心灵所接收容纳。它的全部音量，长时间在我的胸膛里汹涌。

你的作品，有宏大的艺术力量。这种力量来自生活，来自作家对生活的虔诚。你的生活积累，生活感受，是长期的，深厚的，是经过筛选的，是质地纯良的。生活、题材，在有些人的口头上，是多么简单的一回事！但读过他们的作品，并没有感动我。最初，我以为他们是吹牛。后来一想，也不尽然。他们是有生活，也有体验的，但对于生活，没有选择，没有取舍。他们的体验是褊狭的，卑琐的。没有经过提炼。作家站立的位置太低了。

艺术要求博大精深。我也作过一些努力，然而这一目标，对我来说，始终是可望而不可及的。有时在一个方面，用些功夫，好像有了些收获；但一看其他几个方面，又大大的失望。

你的艺术，在这四个字上，是有所开发的，如果你能不为易染的骄傲之气所耽误，是会大有希望的。我所以感到非常兴奋，就是因为看到了这个苗头，这线曙光。

因此，当你在信中提到因为我的作品，已经形成了一个什么流派的时候，我是非常惭愧的，并认为你也未能免俗，无心地重复着别人说过的话。并没有那么一个流派。或者说，所谓的那个流派，是隐隐约约的，若有若无的。

但是，当我读过你的小说《驼铃》，特别是它的前一部分之后，我忽然想：如果已经开始的，你的富有创造性的艺术，能够不弃涓细，把我的微薄的作品，潺潺的音响，视为同流，引为同调，我将感到非常荣幸。

所谓流派，须是风格相近，才能形成。然风格又常常因人而异，且时有变化，所以真正、持久的形成，也很困难。风格绝不是形式。有人把风格看成是形式，说成是外在的东西，实是皮毛浅见。其中最重要的是态度，即作家的“创作用心”。用心的高下、宏细、强弱、公私、真伪的分别，形成风格的差异。

你的风格，我认为是真诚的，高格调的。充满甘苦和血泪，欢笑和希望。你的行文似诗作，如怨如慕，如泣如诉，是能引起万物的共鸣的。

作家必须与自己的民族的命运，紧紧联系在一起。他要表现的，包括民族的兴衰、成败，优点和弱点，苦难和欢乐。包括民族的生活样式，民族的道德风尚。我对蒙古民族是生疏的，但从你的小说中，我看到了以上这些东西，并见到了你对自己民族的赤子之心。

有的人，忽视民族道德、伦理、文化的传统，他们强调“创作”，强调要“赶上时代”。当然，创新和时代都是重要的，但如果不在民族传统上去理解和认识，那所谓新，所谓时代，就容易变成了“时髦”。时髦是好赶的，不费吹灰之力，贩夫走卒皆优为之。君不见街头巷尾，宅前宅后，妈妈们拖着刚刚会说话的婴儿，教他们用英国话，与客人再见，到处是拜拜之声乎!

我的藏书中，有《元朝秘史》、多桑《蒙古史》，虽未细读，但我知道蒙古民族是伟大的民族，是有伟大体魄、宽阔胸怀和丰富情感的民族。你的小说，充分表现了这一点，这是决定你的艺术风格的根本。

你的小说，写了蒙汉两族人民的团结和主人翁具备的高尚品质。文学，就其终极目的来说，歌颂人民精神世界中高尚的东西，是它的主要职责。各个民族，都有它的道德规范。这种规范，并不是哪一个圣贤创造出来的，也不完全是统治阶级为了个人私利,强加于人民的。如果是那样形成的,人民就不会长期信奉遵守它。形成这种规范,是为了民族的生存和进步。规范是在不断完善中发展的。规范,在人的头脑中,形成观念,同时反映在文化教育之中,受政治的影响和制约。规范的形成是长期的,曲折的,甚至是困难的。但当它遭到破坏时,其崩溃之势,也是不易收拾的。

文学也是一种观念形态。因此,对作家的要求,常常是一些抽象的说法,比如说,要当一个正直的作家,作家要凭艺术良心写作等等。实际上,并不是每个人都能这样做到。或者说,有很多人并不能做到这样。因为文学工作是很复杂的精神劳动,在从事这种工作时,作家容易受到外界的各种事物,各种力量,各种利害关系的干扰。有些人就不那么正直了,就不那么能凭良心说话了。

但我们希望要严格要求自己, 使自己成为一个正直的人,成为民族的忠实的热诚的歌手。

读着《驼铃》,我听到了你的忠实而热诚的歌。

作家要有主见和主张,不能轻易受外界的影响,动摇自己的信念,这是作家的道德规范。过去,我们见到了一些作家和批评家,今日东向,明日西向,大言不惭,没有固定形象，他们的“工作”，虽然在一个个时期，声势赫赫，是不足为训的。他们的作品，也是难以最终结集的。因为一结集，那些作品的主题，便会自相冲突，自我矛盾起来。

很明显，以你的努力，你即将跻身在文坛之上，崭露头角。文坛虽小，也是一个社会，并长期被人看作名利之场，所以，并不像年轻人所通常想象的那样，是个乐园，是个天国。历史上，这里也有所谓权势、地位，也有排挤和倾轧。站在这个坛上，并不像登高山临大泽，那样能安闲地放歌行吟，远望沉思。它常常向你吹来纠纷和干扰的风。你应该冷静清醒，这样才能继续有效的工作。

对于蒙古族的文学史，我一无所知。近年，北京出版了一种刊物，叫《新文学史料》，上面主要登载“五四”以来作家的传记和轶闻。我是很喜欢看的，希望你也注意及之。从上面，你可以看到，作家这一行业的复杂性，作家所走的不同道路，所得到的不同结果。这些结果，有的是时代造成的，有的是自己造成的，读之惊心动魄，深可借鉴。

我虽驽钝，也曾想从近代文学史中，吸取一些为人作文的经验教训。深深感到，鲁迅先生之所以为众人景仰，无异辞，当之无愧，是因为他的伟大人格，对民族强烈的责任心，对文学事业的至死不渝的耕耘努力。

我想,既然从事此业,就要选择崇高一点的地方站脚。作品不在多,而在能站立得住。要当有风格的作家,不能甘当起哄凑热闹的作家,不充当摇旗呐喊小卒的角色。我已老矣,无所作为,但立命修身之道,愿与你共勉。

祝

安好!

一九八二年九月三十日夜

商展思的诗

抗日战争期间，在晋察冀边区，有那么一批文学工作者。大部分是青年学生，都在二十岁上下。有的在部队宣传部门工作，有的在地方的报社、通讯社、文工团工作。有人保存了一张一九四〇年，边区文学工作者成立大会的合影，计算一下，也不过三十几个人。这些人虽然也写小说、剧本、通讯，但经常写的是诗，几乎每一个人都写诗，是诗的工作者。

原因很简单：一、战争年代，文学就是宣传。而诗这一形式，最为简便、迅速，被称为宣传队伍中的轻骑，文艺武器中的匕首。二、纸张短缺，印刷困难，而诗可以写在十字街头，写在残墙断壁上，写在脱皮的老树身上，写在道路转弯的大石头上。油印、抄写也方便，登在报刊上，所占地方也很小。三、大家正在年轻，感情丰盛，热血沸腾，诗歌便于抒发。行军、休息，睡之前、醒之后，都可以写。

那时候，可以说，诗占据着统治地位，文学界是诗歌的天下。出色的诗人很多，好诗很多，现在读起来，都能唤起回忆，使人又身临其境。那时的诗，都是为了抗战，为了国家民族的生存的，不存在什么自我陶醉，自我扩张。每有一点个人私念，诗人都是赶快自己批判，自己检讨，认为是微不足道的不光彩的，不应该表露的。集中一切精力去进行战斗。

这种感情克制，都是自觉的，发自内心的，并非外界压力所造成的。因此，它也许不容易为生活在和平世界里的人们所理解。

那一时代，的确是一个不同平常的时代，过去的很遥远了，很遥远了。当时的伙伴们，经过战争、动乱、饥寒、疾病，也越来越少了，越来越少了。我想，过不了好久，这一代诗人的名字，以及他们的作品，就只能记在一些书本上，供人凭吊了。

冀中区是晋察冀边区的一部分，这里也有一批诗人，因为环境特别残酷，很多年轻的诗人牺牲了，他们的诗也不易找寻。其中和我过从最多，他们的诗也为我最喜爱的，是远千里和商展思。千里已矣，不再去谈他。在我印象里，展思的诗，明丽天然，清新隽永，读起来也非常流畅活泼，在当时的诗坛上，独树一帜，颇引人注目。他的诗，虽多小品，但连缀读之，就是抗日战争史诗的一部分。如能编辑出版，那将是非常有意义的事。多年不见，近得展思来信，并赐照片，风采依然，颇慰多年怀念之情。因念及他的诗作，并及当时诗坛盛况云。

一九八二年十月十九日记

致贾平凹

平凹同志：

昨天晚上收到你的信，因为赶写一篇文章，未得及时奉复。今天早些起床，先把炉子点着，然后给你写信。

我们虽然没有见过面，可以说神交已久，早就想和你谈谈心了。前几个月，我也忽然梦到你，就像我看到的登在《小说月报》上你的那张照片。

我很孤独寂寞，对于朋友，也时常思念，但我怕朋友们真的来了，会说我待人冷淡。有些老朋友，他们的印象里，还是青年时代的我，一旦相见，我怕使他们失望。对于新交，他们是从我过去的作品认识我的，见面以后，我也担心他们会说是判若两人。

但是，你这次没到天津来，我还是感到遗憾的。我想，总会有机会见面的。

入冬以来,我接连闹病,抵抗力太弱了,又别无所事,只好写点东西,特别好写诗。前些日子,在《羊城晚报》发表了一首诗,题名《印象》,收到一位读者来信说:“为了捞取稿费,随心所欲地粗制滥造。不只浪费编辑、校对的精神,更不应该的是浪费千千万万读者的时间。”捧读之下,心情沉重,无地自容。他希望我回信和他交换意见,因为怕再浪费他的时间,没有答复。

我的诗的毛病,曼晴同志为我的诗集写的序言,说得最确切明白不过了。但因为一开头就如此,所以很难改正过来。其实不再写诗,改写散文也行,又于心不甘,硬往诗坛上挤。我的目标是:虽然当不成诗人,弄到一个“诗人里行走”的头衔,也就心满意足了。

过去,作品发表以后,常常遇到一些棒喝的批判。近几年,因为有一些勇士,在那里扫荡,这种文章少见了。好写这种文章的人就改变方式,用挂号信,直接送货上门,随你爱听不听。言者无罪,闻者足戒,最好置之不理。

有些人是由于苦闷和无聊,和你开开玩笑,比如,我在一篇文章的末尾注明:降温,披棉袄作。他就来信问:

“你一张照片上,不是穿着大衣吗?”又如,我同记者谈话时说,文化大革命时,有人造谣说我吃的饭是透明的。他就又问:“那就是藕粉,‘荷花淀’出产的很多,你还买不起吗?”

说实在的,我收到的信,远远不如你们青年作家收到的多。其中,多数都是好心好意,我常常为他们那种幼稚天真的心灵所感动,有时甚至难过:天下的事,哪里像他们所想象的那么容易!我回复的也很少,我确实有很多别的事要做,没有那么多精力了。

有的人也许会这样想:他们的稿子所以不得发表,是因为有老年人在那里挡着。我认为在官阶职位上,这种现象确实存在,在文学艺术上,就不能这样理解。各家刊物、出版社,虽有时对老年人不得不有所照顾,但就其总的趋势来说,其欢迎年轻人的劲头,比起欢迎老年人来,就大多了。历来如此,人之常情,谁也喜欢年轻的。其实也不必着急,不上十年,这些老家伙就会逐个消失,这是历史潮流所向,任何人不能阻挡的。

我的经验是:既然登上这个文坛,就要能听得各式各样的语言,看得各式各样的人物,准备遇到各式各样的事变。但不能放弃写作,放弃读书,放弃生活。如果是那样,你就不打自倒，不能怨天尤人了。

祝

全家安好！

孙　犁

一九八二年十二月四日清晨

谈铁凝的《哦,香雪》

收到你的信和寄来的《青年文学》。国庆节以后,我先是闹了几天肠炎,紧接着又感冒,咳嗽很厉害,夜晚不能安睡。去年这时,好像也这样闹过一次。人到老年,抵抗力太差了。

刊物一直放在案头上,唯恐叫孩子们拿走。今晚安静,在灯下一口气读完你的小说《哦,香雪》,心里有说不出的愉快。这篇小说,从头到尾都是诗,它是一泻千里的,始终一致的。这是一首纯净的诗,即是清泉。它所经过的地方,也都是纯净的境界。

读完以后,我就退到一个角落里,以便有更多的时间,享受一次阅读的愉快,我忘记了咳嗽,抽了一支烟。我想:过去,读过什么作品以后,有这种纯净的感觉呢,我第一个想到的,竟是苏东坡的《赤壁赋》。

我也算读过你的一些作品了。我总感觉,你写农村最合适,一写到农村,你的才力便得到充分的发挥,一写到那些女孩子们,你的高尚的纯洁的想象,便如同加上翅膀一样,能往更高处、更远处飞翔。

是的,我也写过一些女孩子,我哪里有你写得好!在农村工作时,我确实以很大的注意力,观察了她们,并不惜低声下气地接近她们,结交她们。二十多年里,我确实相信曹雪芹的话:女孩子们心中,埋藏着人类原始的多种美德!这些美好的东西,随着她们的年龄增长,随着她们的为生活操劳,随着人生的不可避免的达尔文规律,逐渐减少,直至消失。我,直到晚年,才深深感到其中的酸苦滋味。

在农村,是文学,是作家的想象力,最能够自由驰骋的地方。我始终这样相信:在接近自然的地方,在空气清新的地方,人的想象才能发生,才能纯净。大城市,因为人口太密,互相碰撞,这种想象难以产生,即使偶然产生,也容易夭折。

你如果居住在一个中小城市,每年有几次机会,到偏远的农村去跑跑,对你的创作,将是很有利的。我希望能经常读到你这种纯净的歌!

一九八二年十二月十四日

《孙犁散文选》序

这本集子，是谢大光同志受人民文学出版社的委托，编选而成。我看过了目录。以为：作为选家，大光是很有眼光的，他对编辑方法的见解，也很新颖，详见他所写的后记。

自从我决定不再为别人的书写序以来，为自己的书写序的兴趣，也大大淡薄了。各地委托别人代选的(有的广告上说是我自选，不确)出版的我的别集，我都没有写序。这次，大光和出版社，一定要我写一点，屡辞不获。实在没有新意，就说几句闲话吧。

我一向认为，作文和做人的道理，是一样的：

一、要质胜于文。质就是内容和思想。譬如木材，如本质佳，油漆固可助其光泽；如质本不佳，则油漆无助于其坚实，即华丽，亦粉饰耳。

二、要有真情，要写真相。

三、文字、文章要自然。

三者之反面，则为虚伪矫饰。

以做人为譬：有的人，在那非常不光彩的年代里，他所贴的大字报，所写的大批判，所负责的刊物，所写的小说，目前仍在书店仓库里堆放着，废品站里收购着，造纸厂里还魂着，总之是还没有处理完毕，他已经忘记得干干净净了。坐而论道，大言不惭，神气十足，俨然君子。当然，以上种种，也算不得什么大事，忘记了也不影响国计民生。但对写作来说，却并不这样简单。因为，这不仅是一种文风，也是一种心术，如不痛下决心改正，要他写出有真情真相的作品，我以为十分困难。

另外，传说有一农民，在本土无以为生，乃远走他乡，在庙会集市上，操术士业以糊口。一日，他正在大庭广众之下，作态说法，忽见人群中，有他的一个本村老乡，他丢下摊子，就大惭逃走了。平心而论，这种人如果改行，从事写作，倒还是可以写点散文之类的东西的。因为，他虽一时失去真相，内心仍在保留着真情。

一九八二年十二月二十五日

我和《文艺周刊》

记得一九四九年进城不久,《天津日报》就创办了《文艺周刊》。那时我在副刊科工作,方纪同志是科长,《文艺周刊》主要是由他管,我当然也帮着看些稿件。后来方纪走了,我也不再在副刊科担任行政职务,但我是报社的一名编委,领导叫我继续看《文艺周刊》的稿件。当时邹明同志是文艺组的负责人,周刊主要是由他编辑。

报纸的副刊,是报纸的组成部分,大政方针,都由总编室定。我虽然负责看稿选稿,但最后还要送给一名副总编审定。我记得当时担任过副总编的林间同志、李克简同志,都审阅过《文艺周刊》的稿件。我是报社的一员,对领导是尊重的,很少因为对稿件的不同看法,取舍改动,闹过什么意见。当然,领导也是尊重我的意见的。后来我病了,稿子也就看不成了,文艺组的负责人,也屡经变动。文化大革命以后,《文艺周刊》复刊,我就再也没有管过。

现在有的同志,在文字中常常提到,《文艺周刊》是我主编的,是我主持的,有的人甚至说直到现在还是由我把持的, 这都是因为不了解实际情况的缘故。至于说我在《文艺周刊》,培养了多少青年作家,那也是夸张的说法,我过去曾写过一篇小文:《成活的树苗》,对此点加以澄清,现在就不重复了。人不能贪天之功。现在想来,《文艺周刊》一开始,就办得生气勃勃,作者人才济济,并不是哪一个人有多大本领,而是因为赶上了解放初期那段好时候。

但我看过一段时间的稿子,这是事实。看稿的时间也不算太短,看稿期间,有机会结识了不少有才华的青年作者,直到现在还维系着感情,这也是无须讳言的。对这个刊物,我是有感情的,也花费过一些时间,付出过一些心力。现在可以提起一点:凡是当时我选用的稿子,不只发表以前仔细看,见报以后,我还要仔细看一遍,看看有无排错,别人有无改动。

我也在《文艺周刊》,发表了不少创作,特别是《风云初记》,前前后后,占了周刊不少版面。按照当时的情况,本来也可以拿到别处去发表, 但因为我是随写随发,《文艺周刊》就成了近水楼台。我觉得这样校阅方便。当时有人提出意见,领导上也曾考虑,把这部小说移到拟议中的“月刊”发表,但月刊未能出版,就勉强登完了小说的大部。

我做工作,向来萍踪不定,但不知为了什么,在《天津日报》竟一待就是三十多年,迄于老死。虽然待了这么多年,对于自己参加编辑的刊物,也只是视为浮生的际会,过眼的云烟,并未曾把精力和感情,胶滞在上面,恋恋不舍。更没有想过在这片园地上,插上一面什么旗帜,培养一帮什么势力,形成一个什么流派,结成一个什么集团,为自己或为自己的嫡系,图谋点什么私利,得到点什么光荣。

现在,《文艺周刊》快出到一千期了,李牧歌同志要我写点什么,谈点希望。作为一家地方报纸的文艺副刊,出版到了一千期,中间虽经过十来年的停顿,也算是很不容易的事了。首先应该向它祝贺!其次:

一、《文艺周刊》应该永远是一处苗圃。就是说,应该着重发表新作者的作品,应该有一个新作者的队伍。一旦这些新作者,成为名家,可以向全国发表作品了,就可以从这里移植出去,再栽培新的树苗,再增添新的力量。这个刊物,不要企图和那些大型刊物争夺明星,争登名作。因为它是个小刊物,没有那么大的竞争力,不可能办名花展览。当然，有些作家，原来在这里发表习作，后来成为名人，还愿意为它继续写稿，以隆旧谊，当然很欢迎。否则，就不必勉强。

二、物以类聚，文以品聚。虽然是个地方报纸副刊，但要努力办出一种风格来，用这种风格去影响作者，影响文坛，招徕作品。不仅创作如此，评论也应如此。如果所登创作，杂乱无章，所登评论，论点矛盾，那刊物就永远办不出自己的风格来。

三、这是一个强调现实主义的文艺刊物。它欢迎有生活、有感受，手法通俗，主题明朗，切切实实的文艺作品。张而皇之的，不中不西的，胡编臆造的作品，在这里向来是不受欢迎的。

四、对作者，要热情扶植，又要严肃，不能迁就。不能用着时靠前，用不着靠后；约稿时，急如星火，稿到手，冷若冰霜。像“运动夫人”一样。对稿件，一视同仁，不以名头势力作衡文砝码。

五、编辑要提高文学修养，提高编辑水平，要经常出去跑跑，联系作者，不要只是坐在桌前，守株待兔。

一九八三年四月七日中午

关于散文创作的答问

问:目前,有一种比较普遍的说法:当前散文创作不甚景气,与小说、报告文学、诗歌等文学式样相比,是比较薄弱的。请您谈谈当前散文创作的状况。您认为存在什么问题,原因何在?

答:这种状况,我是估计不清楚的。一种文学体式,它在当前是否繁荣,繁荣到什么程度?这只有掌握全面材料的,文艺界的领导同志,或评论家,或将来的评选委员会,能作出权威性的估计。对任何形势的估计,都是困难的,我是一个普通读者,又因为精力所限,读作品很少。但就我读到的散文来看,我真正喜爱的,确实不是那么太多罢了。当然,我不喜欢的,也不见得就是不好,只是说,产生一篇好的散文,正像产生一部好的小说一样,不是那么容易就是了。

从历史上看,先秦时的散文作家,真可能是有一百家,不然为什么说百家争鸣,以后又说罢黜百家呢?但流传到现在,就只剩下几家了。唐宋散文作家,在当时也不只以百数,而传至后来,只说八家。八家之文,家传户诵者,每人也不过数篇。五四运动,散文应运而生,作者如林,期刊充斥,但到现在,我们课本上,还老是那几位作家的那几篇范文,其他作者,逐渐被人遗忘。

文学艺术的形势,任何时候,都可以有人作估计:形势大好或不大好,繁荣或不大繁荣。即使客观正确,这也只是就一时而言。作品的真正价值,是只有时间才能考验得出,任何武断的大话,都不是那么牢靠可信的。

我们应该从历史上, 找出散文创作成败得失的一些规律,那对我们衡量当前的散文,可能是比较有用的。

从我们熟读的一些古代或近代的散文看, 凡是长时期被人称诵的名篇,都是感情真实,文字朴实之作。比如说欧阳修的《陇冈阡表》,诸葛亮的《出师表》,李密的《陈情表》。

我们常说,文章要感人肺腑,出自肺腑之言,才能感动别人的肺腑。言不由衷,读者自然会认为你是欺骗。读者和作者一样,都具备人的良知良能,不会是阿斗。你有几分真诚，读者就感受到几分真诚，丝毫作不得假。

如果有时间，读一些旧报纸，旧期刊是有好处的。在三中全会以前，报刊上的文章，包括散文在内，虚假的东西太多了，现在找来一看，常常使人啼笑皆非。这种散文，即使没有政治上的拨乱反正，也是当日无读者，何况流传？

但是，这种文风，曾经猖獗了若干年，要说是完全根绝了它的影响，也不是事实。

欧阳修在写他这篇文章时，叙述的只是家庭琐事，夫妇、母子之常景常情，诸葛亮当时虽然是丞相，他这一篇文章，并没有多少空洞的官腔。李密当时的处境，尤其困难，如果他不说真情实话，能够瞒得过司马氏的耳目？

文章能取信于当世，方能取信于后代。这三篇文章，所以能流传百代，就是因为感情的真挚和文字的朴素无华。

所谓感情真实，就是如实地写出作者当时的身份、处境、思想、心情，以及与外界事物的关系。写出这些，这本来是很自然的事情，但一触及文字，很多人就做不到。这就无怪自古以来，名篇范作如凤毛麟角了。

文字是很敏感的东西，其涉及个人利害，他人利害，远远超过语言。作者执笔，不只考虑当前，而且考虑今后，不只考虑自己，而且考虑周围，困惑重重，叫他写出真实情感是很难的。

只有忘掉这些顾虑的人，才能写出真诚的散文。

司马迁的《报任安书》，因为是私人信件，并非公开流布的文字，所以他才说了那么多真心话，才成为千古绝唱。嵇康的《与山巨源绝交书》，也说了些真心话，透露了出去，就招来了大祸害。有鉴于此，致使文人执笔，左顾右盼，自然也有其不得已的地方。现在，有论者居然责怪：在“四人帮”肆虐期间，作家们为什么没有站起来，大声疾呼？这种要求，未免不近人情。在当时，一个作家，能够沉默，不去帮凶，就算可以了。论者当时如何表现，不得而知，至少他是没有去反抗的。不然，他早就成为张志新了。

但就散文的规律而言，真诚与朴实，正如水土之于花木，是个根本，不能改变。如果不只从数量上看，主要从质量上看，当前散文创作的不足之处，恐怕还是在作者的创作用心上，有或多或少的华而不实之处吧！

这不能完全归咎于作者。在一个不算短的时期中，在各个现实领域，虚假浮夸，不大遇到批评和制裁，而真实地反映情况，即说真话，却常常遭到难以想象的打击。这不能不反映到文学创作上。现在虽力加纠正，在意识形态领域中，清除这种遗留的影响，有时比在现实生活中清除，还要慢一些，复杂一些。而散文创作，以其更直接的现实性，在这方面的表现，就更比其他艺术领域显著。

有些散文，其不足之处，可以归纳为：

一、对所记事物，缺乏真实深刻感受，有时反故弄玄虚。

二、情感迎合风尚，夸张虚伪。

三、所用词藻，外表华丽，实多相互抄袭，已成陈词滥调。

四、因以上种种，造成当前散文篇幅都很长，欲求古代之一千字上下的散文，几不可得。

问：请你结合自己和当前的散文创作现状，谈谈有关散文艺术问题。比如散文的叙事与抒情，题材、构思、意境、语言等等。

答：散文是我们祖国主要的文学遗产，古代作家的主要著作，也是散文。这就提供了很多很好的学习范本。我们在学校语文课堂上，也以学习散文为主。初学作文，题目如"我的家庭"，"春日郊游"等，也是写的散文。另外，散文的大部分，都是应用文，一生之中，练习的机会是很多的。我们本来应该把散文一体，运用得很好，这一文体本来应该很繁荣。但从历史考察,并不是每一个时代,散文都是很好很繁荣的。

先秦、两汉、唐宋的散文,大家都承认是有很多佳作的。降至元明,则并非如此。元朝不论,明季写散文的人并不少,但即使是代表作家的作品,今天看起来,无论在风格文字上,内容意境上,都是肤浅的,卑弱的,琐碎的。明之末季,有一谚语谓:刻一部稿,娶一房小,念一句佛,叫一声天如。天如即张溥,是权威评论家。可见当时出版物也是不少的,但作品的意义和价值,确如上述。可取之处,远不及唐宋,更不用说两汉先秦了。

文章,特别是散文,是和时代的风云、习尚有关的。如果只谈艺术,我们就应该从唐宋以前的散文,多吸收一些营养。从司马迁、嵇康、柳宗元、欧阳修那里,多学习一些东西。其中主要的经验,是所见者大,而取材者微。微并非微不足道,而是具体而微的事物。

古代散文,意境深远,但皆言之有物。柳宗元的散文,写驴,写鼠,写麋,写蝜蝂,取材很细小,而意义很深刻。韩愈《进学解》,则对自己作深刻的剖析,发挥自己的见解,这也是很有勇气的。

散文短小,当然也有所谓布局谋篇,但我以为,作者如确有深刻感触,不言不快,直抒胸臆即可,是不用过多的构思设想的。现在一些文章评论家,谈论构思太多,也太机械。实际创作的过程,往往并非如此。散文之作,一触即发。真情实感,是构思不来的。

散文中的议论,也是自然事物演变的结果,在很多情况下,并非散文作者主观的前提。而苏子瞻常先有警句,冠于篇首,但与所叙事物,仍为血肉,并非徒具大言,以惊流俗。

抒情亦如此。无情而强抒,与无病呻吟等。感情低下,不如不抒。面对大好河山,内心蝇营狗苟,故作堂皇之言是对河山的不敬。

状景抒情,成为散文的意境。意境有高下,正如作者修养有高下,胸襟有广狭,志趣有崇卑,不可勉强。当然,人可以通过修养,提高其志趣。总之人心之不同,有如其面。散文意境之有区分,也在于此。范仲淹先忧后乐之名言,并非一时乘兴,创作出来,乃是久萦于心的素志,触景生情而出。

散文的语言很重要,一篇短文,语言文字不讲求,是成不了家传户诵之作的。当然语言文字也与作者的真情实感紧紧相关。

梁沈约很重视文字的音乐效果。他说：

> 若夫敷衽论心，商榷前藻，工拙之数，若有可言。夫五色相宣，八音协畅，由乎玄黄律吕，各适物宜。欲使宫羽相变，低昂互节，若前有浮声，则后须切响。一简之内，音韵尽殊；两句之中，轻重悉异。妙达此旨，始可言文。（《宋书·谢灵运传论》）

中国古代散文名作，读之无不朗朗上口，易于背诵。即韩愈之自讽为佶屈聱牙者，亦莫不如此。现在有些作者，能写情节热闹的小说，写起散文，语言很不考究，这是没有别的东西可以补救的缺失，这样的散文，自然行之不远。

散文的语言，要有素养，需要基本功，要有课堂训练。而我们国家经历十年动乱，教育失调，这恐怕也是影响今日散文质量的一个重要原因。

至于我个人近年的散文创作，则因老年衰退，成绩甚微。行动不便，生活的眼界缩小了。因为年岁，自身的阅历增多了。在政治清明之时，愿意说些真诚的话。当然有时就会得罪一些人。过去，我的一篇散文《黄鹂》，放了二十年才发表。现在写文章,确实感觉顾忌少多了。但作为文章行世,自己也应该慎重,不应该太随便。要知道应该说些什么,也要知道不应该说些什么。不管文章长短,题材如何,大都是我亲身经历,亲眼所见,思想所及,情感所系。不作欺人之谈,也不装腔作势。那样就会不自然,也就不会有什么真情实感。有些人的文章,使人处处意味到作者的高位和官职,好像一切都永远正确,是没有多大意思的。

问:散文作者需具备哪些修养?

答:秦少游说:

> 探道德之理,述性命之情,发天人之奥,明死生之变,此论理之文,如列御寇庄周之作是也。别黑白阴阳,要其归宿,决其嫌疑,此论事之文,如苏秦张仪之所作是也。考同异,次旧闻,不虚美不隐恶,人以为实录,此叙事之文,如司马迁班固之所作是也。原本山川,比物属事,骇耳目,变心意,此托词之文,如屈原宋玉之所作是也。

中国散文的品类繁多。所以,散文作者,首先应该涉猎中国散文的丰富遗产,知道有多少体制,明白各种体制的作用,各类文章的写作要点。

但最主要的,是提高自己的人格修养,即中国传统的道德伦理修养,不然就不能理解和领会中国散文作品的内容和实质。例如前面讲的“三表”,好处何在,为什么能千古传诵?

有一些人生经历,知道一些世态人情,便可写小说,写剧本。写好散文,需要多种知识,多种见闻。不然写山川不知地理,写古迹文物不知历史,不知考古,散文就没法写好。其中,特别重要的是作者的识见,如果识见平庸,文章也是写不好的。

问:散文创作中新的探索与民族传统两者的关系如何?

答:自有翻译以来,实际上是丰富了中国散文的创作,利多弊少,即使南北朝开始的佛经翻译,也是如此。“五四”以后的散文,外来的影响,就更显著了。但影响是影响,其根基是不能动摇也不可动摇的。我们还是要写中国式的散文,主要是指它反映的民族习惯和道德伦理的传统。至于说创新,也不能说,只有接受外来影响,才能创新。中国散文,在接受外来影响以前,也是不断创新的。我写给贾平凹的一封信中曾说,多读外国名家之作,写中国传统的散文,也是这个意思。任何文学作品,谈到创新,绝不会是专指形式上的创新,而是指内容和形式的统一的创新。文学作品既以内容为主导,则中国土壤,自然对创新起决定作用。

此外尚有二题,因题旨较泛,有些意见已在前文述及,兹从略。

一九八三年五月一日晨五时起写。大院节日嘈杂,前屋受干扰,则移稿至后屋;后屋受干扰,又持稿回前屋。至晚初稿成。次日晨改定之。

文林谈屑

电报约稿

随着现代化的进展，现在有不少刊物，用电报约稿了。本来也没有那么急，写封信也可以办事，却常常拍电报。甚至刊物还没有创刊，就用电报把办刊宗旨、编辑条例等等，用一二百字，甚至五六百字的电文，拍给作者。

有人说，这样做，一方面表示隆重，作者受此隆重待遇，必有感动，感动之后，必有佳作。另外，也表示刊物仪态大方，不怕花钱。

电报约稿，在别人那里发生的效果如何，不得而知，在我这里得到的反应，却不太理想。

我们这里送电报，不知为什么都集中在晚上八点半以后。八点半以后这个时间,对一般职工来说,当然不能说是太晚,可能一家人正在围桌吃饭,电报送来,送接都比较方便。但我是有病又上了年岁的人,八点钟我就上床睡下了。正睡得迷迷糊糊,先是院里大声传呼,然后是通通敲门砸窗,邻居惊扰,鸡犬不宁。又加上我是一人孤处,家无应门三尺童子,披衣起床,开灯找图章,踉跄跑出,既怕跌倒,又怕感冒。送报人走了以后,好久安静不下来,甚至失眠半夜。这样一来,心里先有三分反感,写稿的事情,就受了影响。

我觉得现在的刊物, 主要是提高编辑质量和校对印刷质量。如果刊物的内容空洞,编校不负责任,出版拖期,只是在约稿上现代化,其作用是一定有限的。

小说名目

目前,小说的名目,越来越小了。有小小说、短小说、袖珍小说、一分钟小说、微型小说等等。小说的名目越来越小,而短篇小说仍是越来越长,这是什么缘故呢?因为,只是在名目上打转儿,并解决不了实际问题,何况这种做法，是一种退却的，甚至是全线崩溃的做法呢！骛名者，必寡实，在这个问题上，也是同样。

我们的习惯，是立一个新名目，还要找到一个旧根据。例如微型小说，现在就在中国古典小说中，找到了不少根据，证明古已有之。是的，给微型小说找祖先，在中国古典文库中，是俯拾皆是的。虽然实质上并不一定相同。比起前些日子给意识流小说找中国祖先，总是容易得多了。硬拉中国古旧小说，称之为中国早已有之的意识流。那确是很牵强附会的。

问题当然不在于有没有中国祖先，有用的东西，纯属舶来之品，有何不好呢？我们不是都在用着吗？

立了这么多短小的名目，短篇小说的长风，并没有刹住，于是有人就主张再建立一种“中短篇”的小说形式，不知试验成功了没有？

长者自长，短者自短，并存也可。这都是就形式讲话。其实，长短并不在名目，而在生活内容。生活内容空虚者，其作品必长。因为他没有实质的东西，必须去现编故事，故事又须编得圆满、热闹，自然就长起来了。反之，有生活根柢的人，他的作品必短。因为他须从丰富的积累中，选择其最有意义，最有表现力的部分。

如果没有生活的实质，只叫他往短里写，形式虽然微型了，其内含也就濒于无形了。

一九八二年六月十九日晚

自然生态

自然生态之奥秘，现所知者虽甚少，莫能究其终极，然表现于生物者，其复杂微妙，已使人瞠目结舌。一物之生，必有依附。有促进其生长者，有破坏其生长者。有貌似促进，而实际破坏者；有表面对其有害，而实际对其有益者。有道有魔，道魔相生相克，形成壮丽的大自然，奇异层出，仪态万千。

文坛亦小自然也，亦有其自然生态。一个作家，如是一株植物，则根生于土壤，吐纳为氧氮。在它周围，或者在它身上，有蜂蝶、有虫蚁、有细菌。有风、有雨、有雹。有养护、有践踏、有修剪、有摧折。如系动物，则虎前必有伥，腥膻者，必有蝇飞蚁附。千年万年，都是这个样子。

大家看过《红楼梦》，贾政身边有几位清客。他这几位清客，和《金瓶梅》里西门庆身边的帮闲，大不相同，然其生活方式、生存目的则一样。贾政当然算不上一个作家,但他确是一个权威。在他那个文坛上，总是由他拍板算数的。

清客在旧社会,是一种行业,并不是人人都干得来的。他要有一定的政治嗅觉,知道该到谁家去,不该到谁家去。要有一定的文化修养，还要有一定的专长。其中有的人,如果努力发展他的专长,也可以自立成家,不再当清客。但多数人就以此业,了此一生。

除去文化修养,他还要有社会经验。特别要懂得人情世故,其中主要一点,就是拍马捧场。

贾宝玉在大观园吟诗题匾那一段，就充分表现了清客这一行的真正功夫。每一发言,都要看贾政的脸色,还要照顾到宝玉的情绪。在老权威和青年作家中间,折中迎合,两方面得其欢心,这是很不容易的。

清客一途,其鼎盛时期,随着八旗子弟的消亡而消亡了。但随着新势力的兴起,有些人又复活了。在文坛上,这种人也是不可少的,也属于自然生态的一部分。想叫他不活动,是不可能的,也不一定是有利的。

但在这些人的包围之下，主人是要保持清醒头脑的。因为,凡是清客,都是走家串户的,并非专主一家。他到甲家,则为甲家之清客;到乙家,则又为乙家之清客。在你这里,说的是一番语言;在别处,说的就又是另一番语言了。

一九八二年六月二十日晨

文字疏忽

近日,在一家地方报纸上,看到把程伟元,排印成了程伟之,这可能是排错了,校对和编辑,对这个人名生疏,看不出错来。又在一家地方出版的文艺理论小报上,看到把章太炎的名,排印成了"炳鹿",赫然在目,大吃一惊。一转念,这也无需大惊小怪,编辑不知道章太炎名炳麟,在当今之世,实乃平常。又在一家销路很广专为文学青年办的杂志上,看到把一句古诗"乐莫乐兮新相知",排印为"禾莫禾兮渐渐相知",初看甚费解,特别是"渐渐"二字。后来一想,这很可能是原稿的字不好辨认,因此把乐排成了禾苗的禾。但既是一句诗,本来是七个字,现在排成"渐渐相知",明显地成了八个字,就没有引起编辑同志的注意吗?又听说,这家刊物有会签制度,即一篇稿件,要经过众多的编辑人员“会签”意见，发生了这样重大的错误，怎么也看不到个更正呢？(可能要有更正，笔者尚未见到。)

总之，现在印刷品上错误太多了，充分表现了常识的缺乏。青年人从这种刊物上，得到一点知识，先入为主，以后永远记着章太炎名“炳鹿”，岂不是贻误后生吗？

当然，在有些人看来，这都是芝麻粒小事。知道章太炎名炳麟，不一定就会升官晋爵，不知道，也许会官运亨通。当然读书和做官，是两回事，不读书，照样可以做官，甚至可以当刘项。但当编辑，也是如此吗？可能，可能。因为编辑还可以升组长，编辑部副主任、主任、副主编、主编，官阶在眼前，正是无止境呢！把精力时间，用在读书上对前程有利，还是用在拉拢关系上和培植私人势力上有利，有些人的取舍，是会大不相同的。因此，刊物也只好编成这个样儿了，销路日见下降，自有国家填补，自己的官阶，可是要一步步登上去，不能稍有疏忽的。

有些人确实对文字疏忽大意，对宦途和官级斤斤计较，甚至“盯”和“瞪”两个字的含义也分不清，而历任“编辑部具体负责人”、“编辑部主任”之职，平日如何看稿，就可想而知了。

一九八二年十二月三十日下午

刊物面目

我还记得，在十年动乱后期，作为门面，“四人帮”在各地恢复了文艺刊物，名称一律是文艺之上，冠以地名。封面、版式、内容，都是清一色的，排列在报刊架上，整齐划一，而一本一本翻过，实在没有不同特点的新鲜内容。

“四人帮”倒台以后，各省市的大批判组、创评组之类的名义取消，刊物也逐渐改易了一些名字，或以名胜，或以花朵，看来是有些差异了，但是版式大小，内容编排，还是有划一之感。在文章编排上，一般都是四大类：小说、散文、诗歌、评论。各有固定地位，固定页码，固定负责人，编辑部成为一种割据之势。当然作品的内容和“四人帮”时期，已有很大差异，但如果永远保持这样一种“千刊一面”的状态，也有些和刊头经常呼喊的“革新”、“创新”的口号，不大协调。考其原因，是刊物的名称虽换，而编辑部的体制，则仍是钟簴不移，庙貌未改。新出的大型文艺刊物，如双月刊、三月刊之类，在版式编排上，也有这种仿照行事的现象。

文章题目

近年读文章，姑无论对内容，如何评价，对文章题目，却常常有互相因袭的感觉。例如杂文，几乎每天可以看到“从……谈起”这样的题目，散文则常常看到“……风情”之类。最近一个时期，小说则多“哼、哈、啊、哦”语助之辞的题目，真可说是“红帽哼来黑帽啊，知县老爷看梅花”，有些大杀风景之感。当然，文章好坏，应从内容求之，不能只看题目，但如果“千文一题”，也有违创新、突破之义吧？

曹雪芹写了一部小说，翻来覆去想了那么多的题目，列之篇首，各有千秋，使人深思，不忍舍去。我们既然“创造”出来一篇作品，何不再费些功夫，创造个与前人不同的题目，反而去模仿别人已经用过的甚至用滥的题式呢？

当然，我们过去在政治生活中，曾有过人云亦云，顺杆爬，踩着别人脚印走的时期；在经济生活中，也曾有过吃大锅饭，穿一色衣服的时期。但这些随大流的思想，不能应用于今天的文化，今天的创作。其理甚明，就无须再说了。

一九八三年一月五日下午新的一年试笔

评论家的妙语

凡是有记忆能力的人,凡是关心文坛事业的人,都能记得,这些年,在一些评论家的笔下,赞扬了多少短篇小说,中篇小说和长篇小说。在他们笔下,经常使用的赞美词,是创造了某种典型,某种英雄人物,和某一方面的史诗,或者客气一点说,历史的画卷。典型、史诗、画卷,差不多可以从每一篇文学评论中看到。在我们的印象里,小说创作,典型人物到处是,史诗画卷,毫无疑问地汗牛充栋了。

可是,今天读了一位评论家对小说创作的估计,却用的是:“呼唤史诗的时候已经到来”——这样带有保留性的词儿。这是怎么一回事?前此所说的那些史诗,都不算数了吗?

只是到了呼唤的时候。呼唤史诗和肯定了那么多史诗,相差远矣。而呼唤是很难保证的。可以一呼即出,也可以千呼万唤始出,也可以呼而不应,始终不出。

这种带有保留的提法,究竟比那些胡吹乱捧,慎重可靠得多了。这样提,也不一定就产生悲观的结果。正像胡吹乱捧不一定能产生乐观的结果一样。因为一部长篇小说,能否成为史诗,并不是一位评论家或几位评论家,一呼即出,一言可定的。史诗要出来,也不一定等人呼唤。你呼唤它,它也许出不来,你不呼唤它,它也许就出来了。总而言之,出现一部真正的史诗,像创造出一个真正的文学典型一样,并不是那么轻而易举的事,也不是评论家随心所欲的事, 而是时代和社会的推动, 作家认真努力的结果。

作品不是史诗,怎样吹,有多少人吹,也吹不成史诗。或者当了几年“史诗”,又被人们忘记了,这算什么史诗?典型人物,也是如此。

评论家拿着“典型人物”、“史诗”,去送给作家,好像也不费什么力气,又不花钱。其实这种做法,不只无助于典型、史诗的到来,反而会阻碍典型、史诗的产生。

因为稍有文学常识的人都知道,一部史诗的产生,谈何容易?古往今来,世界各国,所谓史诗也者,也是屈指可数的。

对评论家来说,给作家指出些切实可行的路,对作品说些实事求是的话,比站在高处,吹大话,瞎指挥要好得多。对作品乱加封号,只能助长作家的轻浮,于创作是不利的。对作家来说,最重要的是要下一番苦功。这样评论家再去呼唤,就有些把握了。

“复杂的性格”论

有一种理论,把人物性格的复杂化,提到了最高度,可以说是有了复杂化,就有了小说创作的一切。

这种理论,对我来说,是难以理解的。

我对典型性格的理解是:既是典型,就是有一定范畴的型。既是有一定范畴的型,就是比较单纯的、固定的、不同于别人的型。

我们无妨举些例证。比如说贾宝玉,这是大家公认的典型人物,他的性格,就是贾宝玉的型,它有什么复杂性呢?林黛玉的性格,也是如此。如果在林黛玉的性格以外,再加薛宝钗的性格,王熙凤的性格,这样复杂是复杂了,那这三个人物又如何区别呢?又何以能称得起典型性格呢?你的性格也复杂,他的性格也复杂,那不成了性格的大锅饭吗?

按照这种理论的含义,可以认为他指的是:凡是人,性格中既有善,亦有恶;既有美,亦有丑;既有英雄,亦有鄙卑;既有慷慨,亦有自私。只有这样,才叫复杂,才是真正的典型。这种理论,能够成立吗?能够向青年作家推荐吗?

这种理论,我虽是第一次系统地看到,它的出现,实际已经有好几年了。在它出现的时候,正是一些人忽视现实生活对文艺创作的决定性作用的时候。有些青年,认为只凭主观想象,也可以创作出伟大的作品,也可以塑造出成功的典型。有这种想法,又碰上了这种理论,于是凭空设想,把人物写得很复杂。这种复杂,当然不是根源于现实,而是随心所欲,剪贴拼凑而成。都是沿着亦好亦坏,亦英雄亦不英雄的路子去写。一时文坛上出现了那么多反现实主义的作品,甚至是有害的作品。

现在大家都在重新强调现实生活对创作的重要性了,仍然强调这样一种理论,不是很大的矛盾吗?

因为,人为的简单化固然可以产生概念化的作品;人为的复杂化,同样也会产生概念化的作品。

我读过一些青年作家的小说,在他们把人物写得单纯一些的时候,我觉得是真实可爱的,在他们着意把人物复杂化的时候,他们的作品失败了。

所谓典型，其特征，并不在于复杂或是简单，而是在于真实、丰满、完整、统一。复杂而不统一，不能叫做典型，只能叫做分裂。而性格的分裂，无论在现实生活中，或是小说创作上，都是不足取的，应该引以为戒的。

所谓复杂，应该指生活本身，人物的遭逢，人物的感情等等而言，不能指性格而言。在这一方面，过多立论，不只违反生活的现实，对创作也是不利的。

一九八三年一月二十九日下午

名山事业

自从司马迁说，要把自己的作品，“藏之名山，传之其人”以来，文学事业与名山的关系，就非常密切了。虽然司马迁并没有把所作《史记》，真的送到名山去埋藏。他的作品，以其特殊的成就，没有等到他死，就流传开了，而且一直流传下来，成为人人必读之书。

唐朝的白居易鉴于文人的事业，常常被兵火所消失，他在生前把自己的诗文编辑好，抄写五部，分送五大名山，藏于五大名寺。真有效果，他的集子，完完整整地流传下来了，未失一字。白居易一定含笑于九泉，庆祝自己措施的得当。

明末清初的王夫之，是逃到深山里，读书并写作的。他潜心读书，然后写出心得，发挥自己的思想和见解。他的著作，细密而精到，是只有在深山之中，断绝一切尘念，才能写出来的。

《红楼梦》据说也是在北京西山写出来的。

看来，山和文学，确实有一种美好因缘，就像它和水的关系一样，在互相呼应着，在互相促进着。

抗日战争时期，我们这一辈人的文章，也是在山里写出来的，虽然那里说不上是名山，我们的作品，也说不上是名文。

近年来，各个出版社，各个杂志社，如果所在省、市，有名山名水，每逢适当季节(庐山、海滨则宜夏，岭南则宜冬)，总是约请各地名流作家，到那里集会十天半月，一方面是尽地主之谊，另一方面，是请作家们给出版社或刊物，写些稿子。作家们或单身、或携眷到达之后，居停于宾馆别墅，徜徉于名胜古迹，杯酒交欢，吟风弄月，自有一番盛况。开支多少，所得几何，因未曾主持过，也未曾躬逢其盛，不得而知。但从透露出来的消息看，稿件是没有多少收获的。作家们游的谈的虽然很热烈，临散会，顶多交一篇游记或即兴诗，就飘然下山去了。当然，长线钓大鱼。既有此番情谊，以后也许寄个中篇小说来，也说不定。

还要摄影留念，其镜头焦点，多集中到一些女性新秀的身上。

宾馆文学

刊物没有像样的头条稿件，就从外省外市，约请一位当前很红的作家来，把他请进当地高级宾馆，开一个房间，日供三餐美食烟茶水果，为刊物创作“头条”。交卷之后，并在宾馆门口，摄影留念，特别把高级宾馆的牌子，也收入镜头。以作此番写作的纪念。

因为没有被人请去过，所编刊物，本小利薄，也没有到外埠请过名人，所以此中滋味，不得而知。

现在一些作家的居住条件差，也是知道一些的。但高级宾馆，就那么适于创作吗？想来也不尽然。姑不论，宾馆之内，人来人往；食堂之内，乱乱哄哄。加上身为客人，人生地疏，如果是我，虽有沙发软床，华灯地毯，也是安不下心来的。

当然,听说还有一种特别高级的宾馆,那里面是花木满园,闲人免进,远离市尘,鸦雀无声,最适宜于构思。这种仙境,因为未得亲见,不能揣摩,每天要花费多少钱,所写出的文稿,能否抵消得过姑且不论。如果是个乡土作家,一进这种所在,不是要成为刘姥姥,还能写出东西来吗?

曹雪芹曰:茅椽蓬牖,绳床瓦灶,未能妨我襟怀。可见,创作贵有襟怀,有之虽绳床瓦灶,也无妨文思泉涌;无之,虽金殿皇宫,也无济于事的。

有的刊物,等而下之,小气些,他们把当地的业余作者,集中在一家不怎么样的招待所里,限期叫他们写出"头条小说"。这简直是采取科场制度, 成心叫业余作者受罪了。

但如果有人真的写出了成功之作,刊在了头条,一炮打响,随即获奖,一举成名,那又怎么说呢?那就让我们高呼宾馆文学的胜利吧!

一九八三年三月十八日午后

运动文学与揣摩小说

我看过一部小说的提纲，主人公是一位“识时务”的女人，最早的丈夫是一个反动军人，革命到来，她立刻改嫁一个革命军人。反右时，她的丈夫遭难，她改嫁一个左派。文化大革命时，她改嫁一个造反派，随后又改嫁一个什么派。作者把她叫做运动夫人，一生处于不败之地。

但听说这小说终于没有写成，因为作者虽对社会人情有所感慨，他自己并没有多少这方面的实际体验。另外这种设想，也是不大可能的。因为一个女人的时光有限，多么好的如花美眷，也逃不脱似水流年。她的一生，也只能运动两次到三次，再多就不好找对象了。

他的小说虽然没有写成，却使我想到：近几十年来，在文学作品中，也有一种类似“运动”的情况。

应该申明：在革命历程中，文学作品为宣传服务，平心而论，这是不可避免的，更是不可厚非的。每一个革命时期，每一个革命任务的执行，有些及时的短小的文艺作品加以配合，是理所当然的。这里指的不是这种文艺作品。

这里指的是：作者本来对革命也没有多大热情，对革命的理论和实际，也没有多少理解和实践。他只是为了解脱自己当时的处境，想得到一种飞升，随即揣摩上面的意旨，领会当前的形势，连夜赶制长篇小说，企图一炮打响，一举成名。这种作者的功夫，主要不在艺术，而在揣摩。他的文学修养，也只是读过几本甚至几篇小说，特别是革命历程和本国大同小异的那些国家的小说。记住一些小说程式，人物性格和故事情节，然后加以融会贯通，使之洋为中用。

这种小说的生产，众所周知，主要是为了"爆炸"，所以他特别注意的是政治上的应时。而政治有时是讲究实用的，这种小说的出现，如果弄对了题，是很可以轰动一时的。

这种小说，成功以后，还经常伴随着一阵庸俗的社会学：有真人真事作根据呀，时代突出的典型呀，到所写地点参观访问呀，找模特儿听取先进经验呀，顿时举国若狂，像大寨和小靳庄当年造成的声势一样。

因为这种小说，其产生并非根据现实生活，艺术上更没有经得起推敲的素质，不过是应合时尚的中彩之作，所以时间不长，就被证明不是那么回事。从它那里吸取的经验,不只不先进,而且用不上,用上就坏事。热闹一阵也就完事了。人们对文艺毕竟是宽容的，不像对大寨经验、小靳庄经验那么认真。作者名利双收之后,却以为这毕竟是一条成功之路,就又去揣摩新的应时的主题去了。

这种小说,就可以叫做“运动文学”。

最早的运动小说,基调多是歌颂,人物多是英雄。“四人帮”时期,登峰造极,英雄人物达到不食人间烟火、毫无个人私欲的程度。最近一个时间,则伴有揭露,或以揭露为基调。人物性格变得复杂化,具备各种情欲,特别是性方面的情欲。但总起来说是个“正派人”,他所反对的不过是那些顽固保守势力。

这可以说是运动小说的第二次运动。但运动来运动去,细心的读者可以看出,“四人帮”时代的小说模式,虽然已经改头换面,而其主题先行一点,确实已经借尸还魂。但这一情况,实际也是运动小说“成功”的契机。

揣摩小说,谈不上什么现实主义,这一方面的有为之士,也很少谈现实主义。现实主义,是反映现实的。而揣摩小说是空中楼阁,是拆烂现实,装潢的西洋镜。

揣摩政治气候的小说,站不住脚,紧跟政治形势的作品,也常常以失败告终。我有一个朋友,他在文化大革命之前，经营一部长篇小说。最初的主题是写反右，形势一变，随之改为反左。形势又变，又恢复反右。改来改去，终于把一部小说，改得没有东西了。

以上，并非忽视政治。政治对现实生活，影响巨大。文学作品只能反映现实生活中已经受到的政治影响，而不能把自己对政治的揣摩，罩在生活的上面，冒充现实。

然而，运动小说，还是会运动下去的。

一九八三年四月二十一日

小说杂谈

小说与青年

小说与青年,有千丝万缕的关系。其主要关系,就是花钱买小说看的,绝大部分是青年顾客。鲁迅是摸清了这个底的。他的小说,那时印一次,也不过一千来本。他就说过,卖点书,全靠挤挤青年学生的腰包。

这是就经济基础来说,就意识形态来说,小说与青年的关系,就更密切了。

青年人正处在有为之年,也是富于幻想,勇于探索之年。对于世界、社会、人生,他们的热情,他们的追求,是无穷无尽的,无止无休的。而小说正是这种狩猎的场地,青年人剩余的时间、精力,都愿意投掷在这上面。

青年人心目中,有各式各样的问题,各式各样的憧憬,他们希望在小说中,找到答案,找到目标。

青年人的思想是开放的,是先进的,能够引导他们的思想和活力的小说,对他们关系至大。如果夸大一点说,这种关系,到头来常常能影响青年人的世界观,社会改革和时代前进的方向。

“五四”时代的民主科学思想,反封建的思想;十月革命以后的社会主义思想,阶级斗争思想,“九一八”以后的民族解放战争思想,都曾经以小说为途径,教育和引导了中国广大的革命青年。

从青年中间产生的小说家, 也是各个时代的主要作家力量,是文学刊物的中坚。历史上著名的文艺刊物,如《小说月报》、《创造月刊》、《萌芽》、《北斗》、《文学月报》、《现代》、《文学》、《中流》、《作家》……都是以刊载青年作家的作品为主。他们的作品,是压倒一切的,无可争锋的。要办刊物,要想卖钱,没有代表当时进步思想的青年作家的作品,是行之不远的。

就像大书店大报馆办的综合杂志, 末尾都附一两篇文艺作品,如商务的《东方杂志》,中华的《新中华》,开明的《中学生》,北新的《青年界》,《大公报》的《国闻周报》,《申报》的《申报月刊》,都以稳健著称,也必须选登革命青年作家的作品，以广招徕，表示进步。其威力之大，影响之广，回忆一下三十年代的出版界，印象是很清楚的。

青年人身处生活漩涡之中，对任何现实，各种事物，都是最敏感的，最关心的。他们的作品能与广大青年读者的思想感情相通，也能迅速反映时代的精神，国家的命运。这不是老一代作家所能与之抗衡的。

当然，每一时代，并不是所有的青年作家，都能代表前进的力量；也不是每一个青年作家，都能够达到艺术上成功。

正因为如此，对青年作家的政治、思想引导，是个重要的问题。老年作家，如果行有余力，最好做些文艺刊物的编辑工作，但最好不要当只挂空衔的主编。

一九八二年六月二十七日上午

小说与历史

人至老年，心力有限，则多务实，少幻想，失野心。在读书时，也愿读些有根有据的东西，例如历史文献、各朝实录之类。不愿再读小说。

当然，历史与小说，是两码事。历史以史实为主，小说以才情为主。历史兼有才情者，不过《史记》、《汉书》。欧阳修虽富于才情，但他所修史书，实在难与班马争锋。小说兼有史实者，在中国较多，自《三国演义》以来，汗牛充栋。但佳作绝少，多半只能称做通俗演义小说。

历史较小说，多可信之处，也不过相对而言。有些记述，经历了千百年，已无法与当时实事相对证，大家只好认其为信史。不然，岂不成了历史虚无主义？班固的《汉书》，史之上乘，文才史才，互不相掩，而且相映生辉。他的文章中，多形象描写。人物生动，如在目前，语言对话，透露感情。虽小说亦难达其极致。如在韩信传记里，所述韩信倒霉后情状：

> 信知汉王畏恶其能，称疾不朝从。由此日怨望，居常鞅鞅，羞与绛、灌等列。尝过樊将军哙，哙趋拜送迎，言称臣，曰："大王乃肯临臣。"信出门，笑曰："生乃与哙等为伍！"……
>
> 后陈豨为代相监边，辞信，信挈其手，与步于庭数匝，仰天而叹曰："子可与言乎？吾欲与子有言。"豨因曰："唯将军命。"

这样的文字，这样的描述，你说是历史，还是小说？

后人写历史小说，把这一情节采纳，不会像我照抄原文。一定加以演义——即延长，添加其他枝叶。其结果，是画蛇添足，味道会冲淡很多。读者还是选定历史，放弃小说吧。如果作家高明，只是源源本本，把这段文字，译为白话文，写进小说，那就又谈不上是创作。

类似这样的文字，《史记》里也有很多，写得尤其有声有色。有时，我也怀疑，这样的材料。司马迁和班固，是从何处得来呢？我们可以设想：一是故老传闻；二是国家档案，包括审问、证词，别人交代的材料；三是史家推情度理，想当然之词。第三点是应该排除的，因为如果是那样，这两本著作，还能够称做史书之冠首吗？

司马迁和班固，都是世袭的史官，家里存有大量原始材料。他们精心选择、剪裁，并把自己专诚的心血投入进去，完美地表现历史人物的实际，因此得到了这样高的文字效果。这是比较客观的结论吧？我们也只能做出这样的结论。

史书是历史现实的再现，现代小说是时代生活的再现，写法不同，而作家所作的准备，专诚和热心，是一样的。

历史小说最难写好。太泥古，就只能是连缀故事，铺排典章。如剪裁取舍得当，仍可不失历史真实。如任意挥洒，借古讽今，则易与历史失之千里，不能古为今用，成为不今不古之物。

历史真实，难以在小说中再现，当今时代的面貌，就那么容易描绘吗？也不是的。几十年来，我们常常听到，用“史诗”和“时代的画卷”这样的美词，来赞颂一些长篇小说。作为鼓励，这是可以的。但真正的“史诗”和可以称为画卷的作品，在历史上是并不多见的。中国自有白话小说以来，当此誉而无愧者，也不过《红楼梦》八十回，《水浒传》七十回而已。

有些小说，当时虽然受到如此高昂的称颂，但未隔数年，不满十载，已声沉势消，失去读者。其原因是多方面的。或因政策过时，理论失据；或因时过境迁，真假颠倒；或因爱憎翻变，美恶重分。总之，那种“假作真时真亦假，无为有处有还无”之作，就从史诗和画卷的宝座上跌落下来了。

一九八二年六月二十九日

芸斋琐谈

谈　忘

记得抗日期间，在山里工作的时候，与一位同志闲谈，不知谈论的是何题何事，他说："人能忘，和能记，是人的两大本能。人不能记，固然不能生存；如不能忘，也是活不下去的。"

当时，我正在青年，从事争战，不知他说这种话，是什么意思，从心里不以为然。心想：他可能是有什么不幸吧，有什么不愉快的事，压在他的心头吧。不然，他为什么强调一个忘字呢？

随着年龄的增长，随着经验的增加，随着喜怒哀乐，七情六欲的交织于心，有时就想起他这句话来，并开始有些赞成了。

鲁迅的名文:《为了忘却的纪念》,不就是要人忘记吗?但又一转念:他虽说是叫人忘记,人们读了他的文章,不是越发记得清楚深刻了吗?思想就又有些糊涂起来了。

有些人,动不动就批评别人有“糊涂思想”。我很羡慕这种不知道是天生来,还是吃了什么灵丹妙药,一生到头,保持着清水明镜一般头脑,保持着正确、透明的思想的人。想去向他求教,又恐怕遭到斥责、棒喝,就又中止了。

说实话,青年时,我也是富于幻想,富于追求,富于回忆的。我可以坐在道边,坐在树下,坐在山头,坐在河边,追思往事,醉心于甜蜜之境,忘记时间,忘记冷暖,忘记阴晴。

但是,这些年来,或者把时间明确一下,即十年动乱以后,我不愿再回忆往事,而在忘字上下功夫了。

每逢那些年,那些事,那些人,在我的记忆中出现时,我就会心浮气动,六神失据,忽忽不知所归,去南反而向北。我想:此非养身立命之道也。身历其境时,没有死去,以求解脱。活过来了,反以回忆伤生废业,非智者之所当为。要学会善忘。

渐渐有些效果,不只在思想意识上,在日常生活上,也达观得多了。比如街道之上,垃圾阻塞,则改路而行之;庭院之内,流氓滋事,则关门以避之。至于更细小的事,比如食品卫生不好,吃饭时米里有砂子,菜里有虫子,则合眉闭眼,囫囵而吞之。这在疾恶如仇并有些洁癖的青年时代,是绝对做不到的,目前是“修养”到家了。

当然,这种近似麻木不仁的处世哲学,是不能向他人推行的。我这样做,也不过是为了排除一些干扰,集中一点精力,利用余生,做一些自己认为有用的工作。

记忆对人生来说,还是最主要的,是积极向上的力量。记忆就是在前进的时候,时常回过头去看看,总结一下经验。

从我在革命根据地工作,学习作文时,就学会了一个口诀:经、教、优、缺、模。经、教就是经验教训。无论写通讯,写报告,写总结,经验教训,总是要写上一笔的。在很长一段时间里,我们因为能及时总结经验,取得教训,使工作避免了很多错误。但也有那么一段时间,就谈不上什么总结经验教训了,一变而成了任意而为或一意孤行,酿成了一场浩劫。

中国人最重经验教训。虽然有时只是挂在口头上。格言有:前事不忘,后事之师。前车之覆,后车之鉴。书籍有唐鉴,通鉴……所以说,不能一味地忘。

一九八二年七月十四日

谈　迂

不谙世情谓之迂。多见于书呆子的行事中。

鲁迅先生记述:他尝告诉柔石,社会并不像柔石想的那么单纯,有的人是可以做出可怕的事情来的,甚至可以做血的生意。然而柔石好像不相信,他常常睁大眼睛问道:可能吗?会有这种事情吗?

这就叫做迂。凡迂,就是遇见的险恶少,仍以赤子之心待人。鲁迅告诉柔石的是一九二七年的事。现在,时值三伏大热,我记下几件一九六七年冬天的琐事,一则消暑,二则为后来人广见闻增加阅历。

一、我到干校之前,已经在大院后楼关押了几个月。在后楼时,一位兼做看管的女同志,因为我体弱多病,在小铺给我买了一包油茶面。我吃了几次,剩了一点点,不忍抛弃,随身带到干校去。一天清理书包,我把它倒进茶杯里,用开水冲着吃了。当时,我以为同屋都是难友,又是多年同事,这口油茶又是从关押室带来的,所以毫无忌讳,吃得很坦然。当时也没有人说话。第二天清早,群众专政室忽然调我们全棚到野外跑步，回到室内，已经大事搜查过，目标是：高级食品。可惜我的书包里，是连一块糖也搜不出来了。

二、刚到干校时，大棚还没修好，我分到离厨房近的一间小棚。有一天，我睡下的比较早，有一个原来很要好，平日并对我很尊重的同事，进来说：

“我把这镰刀和绳子，放在你床铺下面。”

当时，我以为他去劳动，回来得晚了，急着去吃饭，把东西先放在我这里。就说：

“好吧。”

第二天早起，照例专政室的头头要集合我们训话。这位头头，是一个典型的天津青皮、流氓、无赖。素日以心毒手狠著称。他常常无事生非，找碴儿挑错，不知道谁倒霉。这一天，他先是批判我，我正在低头听着的时候，忽然那位同事说：

“刚才，我从他床铺下，找到一把镰刀和一条绳子。”

我非常愤怒，不知是从哪里飞来的勇气，大声喝道：

“那是你昨天晚上放下的！”

他没有说话。专政室的头头威风地冲我前进一步，但马上又退回去了。

在那时，镰刀和绳子，在我手里，都会看作凶器的，不是企图自杀,就是妄想暴动,如不当场揭发,其后果是很危险的,不堪设想的。所以说,多么迂的人,一得到事实的教训,就会变得聪明了。当时排队者不下数十人,其中不少人,对我的非凡气概为之一惊,称快一时。

三、有一棚友,因为平常打惯了太极拳,一天清早起来劳动之前,在院子里又比划了两下。有人就报告了专政室,随之进行批判。题目是:“锻炼狗体,准备暴动!”

四、此事发生在别的牛棚,是听别人讲的,附录于此。棚长长夏无事,搬一把椅子,坐在棚口小杨树下,看牛鬼蛇神们劳动。忽然叫过一个知识分子来,命令说:

“你拔拔这棵杨树!”

这个人拔了拔说:

“我拔不动!”

棚长冷笑着对全体牛鬼蛇神说:

“怎么样?你们该服了吧,蚍蜉撼树谈何易!”

这可以说是对“迂”人开的一次玩笑。但经过这场血的洗礼,我敢断言,大多数的迂夫子,是要变得聪明一些了。

一九八二年七月十五日清晨。

暑期已届,大院只有此时安静

谈　书

古人读书，全靠借阅或抄写，借阅有时日限制，抄写必费纸墨精神。所以对于书籍，非常珍贵，偶有所得，视为宝藏。正因为得来不易，读起书来，才又有悬梁刺股、囊萤映雪等等刻苦的事迹或传说。

书籍成为商品，是印刷术发明并稍有发展以后的事。保存下来的南宋印刷的书籍，书前或书后，都有专卖书籍的店铺名称牌记，这是书籍营业的开端。

什么东西，一旦成为商品，有时虽然定价也很高，但相对地说，它的价值就降低了。因为得来的机会，是大大地增多了。印刷术越进步，出版的数量越多，书籍的价格越低落。这是经济法则。

但不管书的定价多么便宜，究竟还是商品，有一定的读者对象，有一定的用场。到了明朝，开始有些地方官吏，把书籍作为礼物，进京时把它送给与他有关的上司或老师，当时叫做“书帕”。这种本子多系官衙刻版，钦定著作，印刷校对，都不精整，并不为真正学者所看重。但在官场，礼品重于读书，所以那些上司，还是乐于接受，列架收储，炫耀自己饱学，并对从远地带书来送的“门生”，加以青睐，有时还嘉奖几句：

“看来你这几年，在地方做官，案牍之余，还是没有忘记读书啊！政绩一定也很可观了。可喜，可贺！”

你想，送书的人，既不担纳贿之名，致干法纪，又听到老师或上司的这种语言，能不手舞足蹈而进一步飘飘然吗？书帕中如果有自己的著作，经过老师广为延誉，还可能得奖。

但这究竟是送礼，并不是白捡。小时赶庙会，摆在小贩木架上的书买不起，却遇到一个农民模样的人，背来一口袋小书，散一些在戏台前面地方，任人翻阅，并且白送。这确曾使我喜出望外，并有些莫名其妙了。天下还有不要钱的书？蹲在地上，小心翼翼地挑了两本，都是福音，纸张印刷，都很好，远非小贩卖的石印小书可比。但来白捡的人士，好像也寥寥无几。后来才知道，这是天主教的宣传品。

参加革命工作以后，很长时间是供给制，除去鞋帽衣物以外，因为是战争环境，不记得发放过什么书籍。

发书最多也最频繁，是十年动乱后期，“批儒批孔”之时。这一段时间，发材料，成为机关干部日常生活中不可分割的一部分。见面的时候,总是问:“你们那里有什么新的材料,给我来一点好吗?”

几乎每天,“发材料”要占去上班时间的大半。大家争先恐后,争多恐少,捆载回家,堆在床下,成为一种生活“乐趣”。过上一段时间,又作为废品,卖给小贩,小本每斤一角二分,大本每斤一角八分。收这种废品的小贩,每日每时,沿街呼喊,不绝于路。

我不知道,有没有收藏家或图书馆,专门收集那些年的所谓“材料”,如果列一目录,那将是很可观的,也是很有意义的。而且有些“材料”,虽是胡说八道,浅薄可笑,但用以印刷的纸张,却是贵重的道林纸,当时印词书字典,也得不到的。

以上是十年动乱时期的情况。目前,赠书发书的现象,也不能就说是很少见了。什么事,不管合理不合理,一旦形成习惯,就不好改变。现在有的刊物,据说每期赠送之数,以千计;有的书籍,每册赠送之数,以百计。

赠送出去这么多,难道每一本都落到了真正需要、真正与工作有关的人士手中了吗?

旧社会,鲁迅的作品,每次印刷,也不过是一千本。鲁迅虽称慷慨,据记载,每次赠送,也不过是他那几位学生朋友。出版鲁迅著作最多的北新书局,是私人出版商,而且每本书后面,都有鲁迅的印花,大概不肯也不能大量赠送。

从另一方面说,鲁迅在当时文坛,可以说是权威,看来当时的书店或杂志社,也并没有把每一本新书,每一期杂志,都赠送给他。鲁迅需要书,都要托人到商务印书馆或北新书局去买。

书籍虽属商品,但究竟不是日用百货,对每人每户都有用。不宜于大赠送、大甩卖,那样就会降低书籍的身价。而且对于“读书”,也不会有好处。

一九八二年七月二十五日雨

谈 稿 费

卖文为生,古已有之。有一出旧戏词中唱道:“王先生在大街,把文章来卖;我见他文章好,请进府来。”请进来当家庭教师,还是解决生活问题。另一出旧戏,也有一个文人,想当家庭教师也难,他在大街吆喝:“教书,教书。”没人买他的账,饥饿不过,就到人家地里去偷蔓菁吃,传为笑谈。

想写点稿子,换点稿费,帮助生活,这并没有什么不光彩。我在北平流浪的时候,就有过这个打算。弄了一年半载,要说完全失败,也不是事实,只得到《大公报》三块钱的稿费,开明书店两块钱的书券(只能用来买它出版的书,也好,我买了一本《子夜》)。

抗日战争时期,没有稿费一说。大家过那么苦的生活,谁还想到稿费?一九四一年,我在冀中写了《区村和连队的文学写作课本》,有十多万字。因为我是从边区文协来的,有帮助工作的性质,当时在冀中主持文化工作的王林同志,曾拟议给我买一支钢笔作为报酬,大概也没有成为事实,我就空手回去了。一九四七年,这本书,在冀中新华书店铅印出版,那时我在家乡活动,一直步行,曾希望书店能给我些稿费,买一辆旧自行车。结果,可能是给了点稿费,但不过够买一个给自行车打气的"气管"的钱。

建国以后,有了稿费,这种措施,突然而又突出,很引起社会上的一些注目。其结果,究竟是利多,还是弊多,现行的如何,以后又该如何,都不在这篇文章的检讨和总结范围之内。不过,我可以断定:在十年动乱时,有些作家和他们的家属,遭遇那样悲惨,是和他们得到的稿费多,有直接关系。

一九四八年平分土地之时,周而复同志托周扬同志带给我一笔稿费，是在香港出版，题为《荷花淀》的一本小说集的稿费。那时我在饶阳农村工作，一时不能回家，物价又不断上涨，我托村里一个粮食小贩，代我籴了三斗小米，存在他家里。因为那时我父亲刚刚去世，家里只有老母、弱妻和几个孩子，没有劳动力，准备接济一下他们的生活。这可以说是我第一次得到写作的经济效益。

现在，国家正推行新的经济政策和这方面的宣传，社会以及作家本身对稿费一事，是什么看法，我就不太清楚了。我只是想对有志于文学的青年，说明这样一个道理：各种工作，对国家社会的各种贡献，都应该得到合理的报酬，文学事业也不例外，但也不能太突出。另外，得到稿费，是写作有了真正成绩，达到了发表水平的结果，并不是从事文学工作的前提。真正成绩的出现，要经过一段艰苦的努力，这种努力有时需要十年，有时需要二十年，各人的情况不等。文章不能发表，主要是个人努力不够功夫不到所致，大多数，并非是客观环境硬给安排的不幸下场。不要只看见别人的“名利兼收”，就断定这是碰命运轻而易举的事，草草成篇，扔出去就会换回钞票来。那是要耽误自己的。

一九八二年十二月八日

谈 师

新年又到了。每到年关，我总是用两天时间，闭门思过：这一年的言行，有哪些主要错误？它的根源何在？影响如何？

今年想到的，还是过去检讨过的："好为人师"。这个"好"字，并非说我在这一年中，继续沽名钓誉，延揽束脩。而是对别人的称师道友，还没有做到深拒固闭，严格谢绝，并对以师名相加者进行解释，请他收回成命。

思过之余，也读了一些书。先读的是韩愈的《师说》。韩愈是主张有师的，他想当别人的师，还说明了很多非有师不可的道理。再读了柳宗元的《答韦中立论师道书》。柳宗元是不主张为人师的。他说，当今之世，谈论"师道"，正如谈论"生道"一样是可笑的，并且嘲笑了韩愈的主张和做法。话是这样说，柳宗元在信中，还是执行了为师之道，他把自己一生做文章的体会和经验，系统地、全面地、精到地、透彻地总结为下面一段话：

> 故吾每为文章，未尝敢以轻心掉之，惧其剽而不留也；未尝敢以怠心易之，惧其弛而不严也；未尝敢以昏气出之，惧其昧没而杂也；未尝敢以矜气作之，惧其偃蹇而骄也。……

来信者正是向他求问为文之道，需索的正是这些东西，这实际上等于是做了人家的老师。

近几年来，又有人称呼我为老师了。最初，我以为这不过是像前些年的“李师傅、张师傅”一样，听任人们胡喊乱叫去算了。久而久之，才觉得并不如此简单，特别是在文艺界，不只称师者的用心、目的，各有不同；而且，既然你听之任之，就要承担一些责任和义务。例如对学生只能帮忙、捧场、恭维、感谢，稍一不周，便要追问“师道何在？”等等。

最主要的，是目前我还活着，还有记忆，还有时要写文章。我所写的回忆文章，不能不牵扯到一些朋友、师长，一些所谓的学生。他们的优点，固然必须提到，他们的缺点和错误，有时在笔下也难避免。人非圣贤，孰能无过？

是的，我写回忆，是写亲身的经历，亲身的感受。有时信笔直书，真情流放，我会忘记了自己，忘记了亲属，忘记了朋友师生。就是说这样写下去,对自己是否有利,对别人是否有妨?已经有不少这样的例证,我常常为此痛苦,而又不能自制。

这几年,我写的回忆,有关“四人帮”肆虐时期者甚多。关于这一段的回忆,凡我所记,都是我亲眼所见,亲身所受,六神所注,生命所关。镂心刻骨,印象是非常鲜明清楚的。在写作时,瞻前顾后,字斟句酌,态度也是严肃的。发表以后,我还唯恐不翔实,遇见机会,就向知情者探问,征求意见。

当然,就是这样,由于前面说过的原因,在一些具体问题上,还是难免有出入,或有时说的不清楚。但人物的基本形象,场面的基本气氛,一些人当时的神气和派头,是不会错的,万无一失的。绝非我主观臆造,能把他们推向那个位置的。

我写文章,向来对事不对人,更从来不会有意给人加上什么政治渲染,这是有言行可查的。但是近来发现,有一种人,有两大特征:一是善于忘记他自己的过去,并希望别人也忘记;二是特别注意文章里的“政治色彩”,一旦影影绰绰地看到别人写了自己一点什么,就口口声声地喊:“这是政治呀!”这是他们从那边带过来的老脾气、老习惯吧？

呜呼！现在人和人的关系，真像《红楼梦》里说的："小心弄着驴皮影儿，千万别捅破这张纸儿。"捅破了一点，就有人警告你要注意生前和身后的事了。老实说，我是九死余生，对于生前也好，身后也好，很少考虑。考虑也没用，谁知道天下事要怎样变化呢？今日之不能知明日如何，正与昨日之不能知今日如何相等。当然，有时我也担心"四人帮"有朝一日，会不会死灰复燃呢？如果那样，我确实就凶多吉少了。但恐怕也不那么容易吧，大多数人都觉悟了。而且，我也活不了几年了。

至于青年朋友，来日方长，前程似锦，我也就不必高攀，祝愿他们好自为之吧。

我也不是绝对不想一想身后的事。有时我也想，趁着还能写几个字，最好把自己和一些人的真实关系写一写，以后彼此之间，就不要再赶趁得那么热闹，凑合得那么近乎，要求得那么刻，责难得那么深了。大家都乐得安闲一些。这也算是广见闻、正视听的一途吧，也免得身后另生歧异。

因此，最后决定：除去我在育德中学、平民学校教过的那一班女生，同口小学教过的三班学生，彼此可以称做师生之外;抗战学院、华北联大、鲁艺文学系,都属于短期训练班,称做师生勉强可以。至于文艺同行之间,虽年龄有所悬殊,进业有所先后,都不敢再受此等称呼了。自本文发表之日起实行之。

一九八二年十二月二十三日下午一时三十分

谈　友

《史记》:“廉颇之免长平归也,失势之时,故客尽去。及复用为将,客又复至。廉颇曰:客退矣!客曰:吁!君何见之晚也!夫天下以市道交:君有势,我则从君;君无势则去,此固其理也,有何怨乎!”

这当然记的是要人,是名将,非一般平民寒士可比。但司马迁的这段描述,恐怕也适用于一般人。因为他记述的是人之常情,社会风气,谁看了也能领会其妙处的。

他所记的这些“客”,古时叫做门客,后世称做幕僚,曹雪芹名之为清客,鲁迅呼之为帮闲。大体意思是相同的,心理状态也是一致的。不过经司马迁这样一提炼,这些“客”倒有些可爱之处,即非常坦率,如果我是廉颇,一定把他们留下来继续共事的。

问题在于，司马迁为什么把这些琐事记在一员名将的传记里？这倒是从事文学创作的人，应该有所思虑的。我认为，这是司马迁的人生体验，有切肤之痛，所以遇到机会，他就把这一素材，作了生动突出的叙述。

司马迁在一篇叙述自己身世的文章里说：“家贫不足以自赎。交游莫救，左右亲近不为一言。”柳宗元在谈到自己的不幸遭遇时，也说：“平居闭门，口舌无数。况又有久与游者，乃岌岌而掺其间哉！”

这都是对“友”的伤心悟道之言。非伤心不能悟道，而非悟道不能伤心也！

但是，对于朋友，是不能要求太严，有时要能谅。谅是朋友之道中很重要的一条。评价友谊，要和历史环境、时代气氛联系起来。比如说，司马迁身遭不幸，是因为他书呆子气，触怒了汉武帝，以致身下蚕室。朋友们不都是书呆子，谁也不愿意去碰一碰腐刑之苦。不替他说话，是情有可原的。当然，历史上有很多美丽动听的故事，什么摔琴呀，挂剑呀，那究竟都是传说，而且大半出现在太平盛世。柳宗元的话，倒有些新的经验，那就是“久与游者”与“岌岌而掺其间”。

例如在前些年的动乱时期,那些大字报、大批判、揭发材料,就常常证实柳氏经验。那是非常时期,有的人在政治风暴袭来时,有些害怕,抢先与原来“过从甚密”的人,划清一下界限, 也是情有可原的。高尔基的名作海燕之歌,歌颂了那么一种勇敢的鸟,能与暴风雨搏斗。那究竟是自然界的暴风雨。如果是“四人帮”时期的政治暴风雨,我看多么勇敢的鸟,也要销声敛迹。

但是,当时的确有些人,并不害怕这种政治暴风雨,而是欢呼这种暴风雨,并且在这种暴风雨中扶摇直上了。也有人想扶摇而没能扶摇上去。如果有这样的朋友,那倒是要细察一下他在这中间的言行,该忘的忘,该谅的谅,该记的记,不能不小心一二了。

随着“四人帮”的倒台,这些人也像骆宾王的诗句:“倏忽搏风生羽翼,须臾失浪委泥沙”,又降落到地平面上来了,当今政策宽大,多数平安无恙。

既是朋友,所谓直、所谓谅,都是两方面的事,应该是对等相待的。但有一些翻政治跟头翻惯了的人,是最能利用当前的环境和口号的。例如你稍稍批评他过去的一些事,他就会说,不是实事求是啊,极不严肃呀,政治色彩呀。好像他过去的所作所为,所言所行,都与政治无关,都是很严肃、很实事求是的。对于这样的朋友,不交也罢。

当然,可不与之为友,但也不可与之为敌。

以上是就一般的朋友之道, 发表一些也算是参禅悟道之言。

至于有一种所谓“小兄弟”,“哥们儿义气”之类的朋友,那属于另一种社会层和意识形态,不在本文论列之内,故从略。

一九八三年一月九日下午

序的教训

多言多败,文章写多了,是非也必多。近有老友,多年未通音问,忽先来二信,联络情谊,然后寄来诗稿,要求作序。我向重感情,尤其是老年战友,凡以此事相求者,无不立即应承。诗稿未能通读,无可多谈者,乃就旧日共同经历朋友交情,说了几句话。对诗作虽无过多表扬,然亦无过多贬抑。稿末照例附言:如不能用,切勿勉强。随即寄回,请他定夺。序文不久又为一期刊拿去,亦曾写信通知。不意此老友在外云游两个月,方才回到家中,见到序文,先拍来一加急电报:万勿发表。随后来一封长信,略谓:如将此序用在书上,或在任何期刊发表,将使他处于“难堪的境地”。我除即刻致信刊物,追回稿件外,仍以老友资格,去信向他作了一些解释和安慰。他接信后,再次发来加急电报:一定把序文撤下,以免影响诗集出版云云,看来如果稿子追不回来,还要有更多的纠缠和麻烦。

这真是当头棒喝,冷水浇头,我的热意全消了。电报在我手里拿了很久,若有所悟,亦有所感:

序文不合意,不用在书上就是了。而且稿件俱在,全是一片好意,其中并无不情不义之词,何至影响诗集出版呢?

当然,我们有过一个传统的观念:一部作品,或题名于奖榜之上,或列目于报告之中,或由专家题字,或得权威写评,都可以身价顿增,龙门得跃。但我是一个平凡的人,没有那样大的法力。说好,出版者未必就赏以青睐;说不好,出版者未必就待以冷遇。况文章诗词,究非商品,即是商品,亦如欧阳修所说,市有定价,不以人言口舌定贵贱。出版社收稿,当以稿件质量为标准,读者买书,当以书籍水平为权衡,岂能单凭别人的话,以定取舍?

序者,引也。评论作品,多说好话,固是一路;然此亦甚难,如胡乱吹捧,虽讨好于作者,对广大读者实为欺骗。我所作序,多避实就虚,或谈些感想,或忆些旧事,于作品内容缺少介绍,对作者,读者,虽亦助兴导游之一途,然究非序之正体。正体之序,应提举纲要,论列篇章。鼓吹之于序文,自不可少,然当实事求是,求序者不应把作序者视为乐佣。

我为人愚执,好直感实言,虽吃过好多苦头,十年动乱中，且因此几至于死，然终不知悔。老朋友如于我衰迈之年；寄希望于我的谀媚虚假之词，那就很谈不上是相互了解了。

当然，这是就我这一方面说。再一转念，老朋友晚年出一本诗集问世，我确也应该多说一些捧场的话。如觉得无话可说，也可以婉言谢绝。我答应了，而没有从多方面考虑，把序写好，致失求者之望，又伤自己之心，可算是一次经验教训吧。在该序文的最后，我曾写道：

> 我苟延残喘，其亡也晚。故旧友朋，不弃衰朽，常常以序引之命责成。缅怀往日战斗情谊，我也常常自不量力，率意直陈。好在我说错了，老朋友是可以谅解的。因为他们也知道我的禀性，不易改变，是要带到土里去的了。

今天看来，我这些话说的有些太自信了，是主观的一厢情愿的想法。回想过去写了那么多序，别人也可能有意见，不过海量宽些，隐忍未发罢了。

因此，现在声明一下：从今而后，不再为别人作序。别人也不要再以此事相求。愿远近友好，诗人作家，一体垂鉴。

一九八二年六月十六日上午

旧抄新识小引

余于青年读书时，即好抄录。或喜爱其文字，或领悟其含义，即以纸条抄写，张之屋壁，为便于朝夕诵习也。日积月累，当亦不少，然皆丧失于战争年代矣。进城以后，因养病多读旧书，环境安静，并有几案，展卷细玩，遇有佳句，多从容录于小本上。不久即遭动乱，失此清闲，并历劫掠，图籍散失。然所作笔记，幸尚存留数册。

近以年老，多作杂文。友朋常有以多过激、失平和相责者。并有猜测，以为所谈某事，系指某人。此虽文坛飞语，里巷流言，然亦促余警惕，知自勉矣。呜呼，文事多乖，杂著尤难。无所感，何以成文？有所感发，能无所指摘乎？然所论列者，乃社会现象，非必指某人某事也。鲁迅所言甚明，而后人长期不察。以为杂文多是进行攻击，意在宣泄。

余非战士,不欲作疆场之文。退而深思,探求安全处世之道。冀能作文自遣,又不触犯他人,引起误会。

忆及此种簿录,尘封日久。如从新诵习,加以按识,既能温故而知新,亦可按图而索骥。触类旁通,所收必广。面对者既为古人,接谈者又为古语,心平气静,颐养安和,或可稍减行文过激之偏失乎!是亦殊难预测也。

一九八二年六月二十二日清晨

芸斋短简

关于写游记的一封信

××同志：

八月十七日来信及刊物收到。随即把游记看了一遍。文章写得是很好的。现在只提几点今后应注意之处，望你参考：

一、用词要妥切：例如你用的"即隶方域"，"遐迩中外"、"列入重新修葺"诸词句我以为是不够妥切的。方域一词很广泛，隶方域则无什意义。遐迩系远近之意，与中外不成结构。列入……修葺，句子不完。

二、写游记当然要运用一些材料、文献。但不能多，更不能臃肿。要经过选择，确有感触者，约略用之，并加发挥为好。

三、引用古人诗文,要领会其深意。如你所引龚贤诗“不读荆轲传,羞为一剑雄。”我没有读过全诗,就这一联来看,画家是不赞成匹夫之勇,另有高远的见识的。而你理解为他是想效法荆轲,这就似乎想得浅了一些。我的说法也不定对,请你指正。

我的身体,还是不很好,年纪大了,总是出现一些小毛病,影响工作。秋凉以后,可能好一些。希勿念。

祝

好

孙 犁

一九八一年八月二十一日

致河北花山文艺出版社马秀华

秀华同志:

你先后写来的信,都收到了,甚为感谢。你的两篇创作,寄来快两个月了,我杂事多,身体又不好,放了很长时间,很觉不安。今天下午,雨后凉爽,一口气拜读了,很是高兴。我尤其喜欢《坏五头管水》这一篇,语言生动流畅,故事情节自然有趣。《二桂嫂》是另一种写法,或者说是新小说的写法,也是很有生活基础的,但因为有两处倒叙,读起来就没有第一篇自然了。中国故事的写法,外国小说的写法,都可以运用,也可以互相吸取。但我觉得,你的特长之点,还在运用中国传统的手法,因为你的群众语言的基础很好。有这种基础,同时也证明你有生活的基础。

希望你在编辑工作之余,努力深入生活,多多创作!

祝好

孙　犁

一九八二年七月二十八日晚

致山东鱼台李贯通

贯通同志:

寄来信及刊物收到。当即读过你的小说。小说写得很好,很吸引人,我吃过晚饭,一口气就读完了,忘记了抽烟。可见是有它的特点了。

几个人物的性格,及他们在家庭中的处境地位,写得都很好。妹妹、父亲、母亲,写得都很真实动人。小说主要是写出人物来,就是写出“人情”来。故事情节都要服从这一点,不能倒置。你的小说,情节故事还可以单纯一些,例如文化大革命及遇到管文物的老人,均可从简。写这些东西,主要是为了“道理”,而道理本应从人情中生出,不应从编故事中生出。

祝

好!

孙　犁

十一、二十四

致山西临汾侯桂柱

桂柱同志:

寄来刊物及信收到。

你的小说,写得很质朴,当我从《冀城文艺》上看过后,即很喜欢。当然它也有些像生活速写。过去我也写过不少这样的小说。它是从生活出发的,也是作者亲眼所见的。这样,就自有它的生命力。所以并不像你所说的,写得太实,就缺乏空灵之感等等。

当然,写作的思想天地,越广阔越好。这恐怕与读书有关,如认真地、广泛地多读一些好书,对打开思路,是有好处的。

接来信,适值身体不好,匆复希谅!

祝

好!

孙　犁

十一、二十四

致江西都昌县文化馆王萍慧

萍慧同志:

你去年十一月份寄来的小说,直到今天,我才看了,请你原谅。

这篇小说,主题是好的,人物性格是鲜明的,完整的。除去主角以外,陪衬人物,也写得很生动。杨局长,我觉得写得呆板了一些,他的表现,他处理问题的态度,都是正确的,但作为小说里的人物,生活气息少了一些,淡了一些。

你对这个人物,好像不太熟悉。只是从概念上,想把他写得作风正派,这也是应该的,但因为不熟悉,感人的力量就小了一些。写什么人物,首先是熟悉他,不能想当然,或者是首先确定应该如何写。按照所闻所见去写,不把好人有意提高得更好,也不把坏人有意压低得更坏,这就是忠于生活实际了。

小说中有一句:长期干临时工可没编儿哩! 编字不知是否有误,因为我不知道你们那里的方言。

拖延到现在才给你写信,是因为我身体一直不很好。

祝好

孙　犁

一九八三年二月十九日

致天津业余作者黄淑兰

黄淑兰同志:

你的三篇作品,我于昨日下午阳光充足时读完。现记下一些印象,供你参考。

一、你的文字,富于抒情,淡雅而有韵味,适合于写散文。如果写小说，则还需要在刻画人物、组织故事上，做一些功夫。

二、即使是散文，抒情也要有所控制，抒情而又有含蓄，方是文章精美之路。一味抒情，则等于没有抒情。你的文字，有时重叠，这是必要的，但不能重叠太滥，道理同上。

三、就你的目前情况说，恐怕要多读一些书，广泛地读一些名著，以扩眼界、思路。不能专读一家的书，不能专学一个人的作品。

祝好

孙　犁

一九八三年三月二十一日

芸斋断简

我读过的中篇小说

鲁迅很注意把国外优秀的中篇小说介绍到中国来。他自己就翻译过像《表》这样的中篇童话。在他所主持的《译文》上还登载过曹靖华译的《远方》,也是中篇。同译者所译聂维洛夫的小说《不走正路的安得伦》,也是中篇,也是鲁迅介绍出版的。我们在抗日战争年代,因为缺少读物,曾油印一次,对大家还是很有好处的。

我读的外国小说很少,近十几年,读不到新的译作,不知国外有什么新的好的中篇产生。就我所读过的普希金的《杜勃洛夫斯基》,梅里美的《卡尔曼》,果戈理的《布尔巴》,契诃夫的《草原》,这都是公认的名著,各有各的风格,能找来参考,总是好的吧。

读书,各人的爱好不同,有人喜欢读短篇,有人喜欢读长篇,但就有日常工作的人来说,中篇小说却是最适合的读物,一可不需要很长时间,携带也方便;二可得到较完整的艺术欣赏,也不会弄得太疲劳的。

当然,现在有些青年,一个晚上,躺在床铺上,就能读完一部几十万字的长篇,然后把书往床铺下面一扔,酣然入睡,中篇小说,恐怕就不是他所爱好的了。

一九七七年八月二十五日

我写过的电影脚本

四月八日夜,梦携眷远行,宿旅舍,与老母对话,内心感伤,及醒,泪挂眼角。开灯吸烟,却忽然想到与茅盾同志有关的一件小事:

一九四九年进城后,相熟的一位电影导演,要我写一个关于白洋淀的电影脚本。当时我正在青年,对这种洋玩意儿也跃跃欲试,就把我写过的一些小说、散文,重新编排了一下。就是把内容统一,把故事连贯,已有的用剪报,没有的另写篇章。弄成以后,剪贴抄录在一本旧公文纸簿之上。

过了很长时间接到那位导演来信，说脚本先送茅盾同志审阅,同意了。后又送另一位负责同志审阅,否定了。现将脚本奉还。他并把另一位同志的批示,抄录在脚本封皮之后。脚本封面,有茅盾同志的亲笔题字:“阅,意见在另纸。茅盾。”但那写在另纸上的意见,却没有见到。另一位同志的批示大意为:这些故事,想象的成分多,还是以拍别一部小说为好。

“别一部小说”,也是写白洋淀的,当时颇流行。我翻看了一下,其中实录部分固然不少,却发见我的一篇作品,也被改头换面,采录在内。这是有书可查、有目共睹的事,绝不是出于我的“想象”。

当然,我那个脚本只是一次尝试,写得也确实很不像样子。一部作品,根据审定程序,谁肯定,谁否定,都系平常的事,其中并无恩怨可言。我把脚本新写部分摘出来,改成了一篇短篇小说,就是《采蒲台》,此脚本在文化大革命中被抄走,发还后,我清理旧稿时,用它生了火。从此打掉了我的兴头,以后,对写电影脚本的事,我一直持极其冷漠的态度,并劝别人也不要轻易搞这个。

一九八一年四月九日

删掉的忠告

我常常考虑到作家修身的问题。人们习惯认为文人的不幸和招祸，在于文字，其实细察历史，并不尽然。文人遭难，有的因为贫苦疾病，有的因为权大势重，有的因为依附不当，有的因为行为不端。毁于文字者十之三，毁于立身者十之七。其中自有仁人志士，垂名千古，确也有很多无辜者，甚至是想不到的飞灾横祸。查历代文字狱档案，其所谓文字狱，其直接起因，往往并非文字，而是因为别的事引到文字上，好加罪名。因此，在待人接物之间，出入进退之间，要留有余地，要特别小心。

所以，你应该读一些文学史的书，知道行文要注意以外，还要留心其他方面的事。同行之间，与其亲热，莫若疏远一些，对于批评家的言论，说你好或说你坏，不要过于认真，因为他们的话是靠不住，是要常常改变的。有些讨论会，也不要那么热心，因为有些问题，已经讨论多少次，多少年了，总听不到有什么新的意见。节省一些时间和精力，多回几次老家，和乡亲们谈谈，对创作才真正有利。

以上都是题外的话，你可能听得厌烦了。很多事情，正像鲁迅说的，在你没有经历之前，说多少也难领会其要义；在你经历之后，再说多少，也就没用了。

一九八二年九月三十日

裁下的半截信

前些日子，我读了你发表在《人民文学》上的一篇小说，我坦率地说，我不大喜欢那篇小说，我以为这种写法，不能发挥你之所长。那篇小说，写的是市民吧。我说那个老人的性格不统一，这个词儿，可能不太准确。应该说是不突出，不完整。或者说性格复杂。把人物性格写得复杂一些，不要写得那么单纯，也可能是你在这篇作品中着意追求之点。

目前，有人说我写的一些评论文章，是在教训别人，或是要别人按照我的主张去写作，这是有意的歪曲和挑拨。无论是青年，老年，谁也没有权利要人家按照他的主张写作，我更没有那种野心。

但是，在当今的文坛上，确有那么一些人，急于求成，匆匆忙忙，想树立一面旗帜。虽有不少的人为之呐喊，时间也有几年了，他们那面旗帜，还是没能树立起来，这又是什么道理呢？

于是，有人又想标立一些新鲜名目。半年以前吧，上海一家刊物，要我参加“问题小说”的讨论。我回信说，我不知道什么叫“问题小说”，平时没有注意过，更没有研究过。“问题小说”，难道还有“没有问题”的小说吗？

文学的旗帜，不是那么容易就树得起来的。三十年代，有一个杨邨人，他想树一面“小资产阶级革命文学”的旗帜，但费尽心机，无论如何也没有能把他的旗子，插在中国的地面上。这很简单，大地不接受他这面旗帜。

另外，有人主张：一个作家要有几副笔墨。从我学习文学以来，就认为一个作家只能有一副笔墨，比如曹雪芹的笔墨，施耐庵的笔墨。如果都有几副，还怎样去区别作家和作品？他们的作品，岂不成了赶时髦、追风尚、百货杂陈的商店了吗？

有的作家，写了几篇小说，便自以为也是理论家，这是会自误误人的。为这种理论所指导，他们的作品，日见单薄空虚，很快就会出现胡编乱造的东西了。

一九八二年十月十四日清晨

后　记

远道二字，引自一句古诗，取其字面冲淡，别无深意。

人到晚年，前途短促，而所思忆，常常是邈远玄虚的往事。自己走过的，是一条无止无休，山山水水，乍寒乍暖，风雨无常的路。这条路非常绵长，非常曲折，但印象又已经非常模糊，回忆起来，近似进入一种梦境。

目前，我所住的庭院，越来越乱杂，砖头瓦块越来越多，道路越来越不平，我很少到院里去散步了。

今年夏天，热得奇怪。每天晚上，我不开灯，一个人坐在窗前，喝一杯凉开水，摇一把大蒲扇。用一条破毛巾擦汗。

我住的是间老朽的房，窗门地板都很破败了，小动物昆虫很多。今年耗子又特别嚣张，所作声响，有似黄鼠狼，也可能真的是黄鼠狼。破纱窗上有几只壁虎，每天晚上，准时出现在固定的地方,捕捉蚊蝇,并常常有小壁虎,掉在我的床铺上。有各式各样的蟋蟀在四处鸣叫,我不必再去花一角钱买叫蝈蝈了。

过去,我在秋季的山村,听过蟋蟀的合奏。那真是满山遍野,它们的繁响,能把村庄抬起,能把宇宙充塞。

夜深了,月光从窗口射进来,也有些凉意了,我钻到蚊帐里去。

记忆里的那条路,还在眼前伸展,渺渺茫茫,直到我真的进入梦境,才忘记了它的始终。

我的记忆中断
窗外明月高悬
壁虎仍在捕捉
蟋蟀仍在唱歌

一天,出版社的一位编辑,来拿这部书稿,他说:

“今年这一本,比去年那一本,还要厚一些。又没有附录旧作,证明精力是不衰的。”

我说:

“不然哪,不然。我确实有一些不大好的感觉了。写作起来,提笔忘字,总是守着一本小字典。写到疲倦时,则两眼昏花,激动时则手摇心颤。今年的文字,过错也多。有的是因为感情用事,有的是因为考虑不周,得罪了不少人。还有,过去文章,都是看两遍,现在则必须看三遍,还是出现差错。原稿上删去的地方很多,证明烦絮话、废话增加了。明年是否还能有一本书,实在难以预期。”

那位编辑安慰我说:

“不会的,绝不会的。”

当然,以往走过的道路,不管有多么远,成败如何,那只是一个人的行程,并且已经是陈迹。未来的人生道路,那才是无止境的,充满希望的。

一九八三年九月五日上午